At pisse blod ned i ungdommens kilde

Sideskud II

At pisse blod ned i ungdommens kilde

Dagbogsnotater 2022 - 23

© 2024 Steffen Baunbæk

Omslag: Steffen Baunbæk

Forlag: BoD • Books on Demand GmbH, In de Tarpen 42, 22848 Norderstedt, Tyskland

Tryk: Libri Plureos GmbH, Friedensallee 273, 22763 Hamborg, Tyskland

ISBN: 978-87-4305-810-6

The tenement blocks come crashing down

With headphones on you won't hear that much

There's nothing fake on earth

There are strings attached to all of us

There's nothing in the end, only dust

So turn the music up

I'm hitting the hard stuff

Blur: "Russian Strings", 2023

Forord

D. 1/2 2022 satte jeg mig for at føre offentlig dagbog i et år over Facebook. Jeg følte et behov for at gøre status.

En ting var, at jeg så småt nærmede mig de 50 år og fornemmede, at mange af de fortællinger, jeg havde baseret mit liv på, enten var forbi eller stærkt udfordrede. Specielt yngre mennesker forestiller sig ofte, at man er blevet en fast og urokkelig størrelse, når man når den alder. Det er mange muligvis, og under alle omstændigheder bliver det, man populært betegner som "midvejskrisen", for det meste betragtet som en pinlig fase, man så vidt muligt bør tie omkring og *stå igennem*. For mig har den været de nye teenageår, hvor verden måtte endevendes og tolkes igen med forfaldet – snarere end det forestående voksenliv – som bagtæppe. En sindsoprivende, men også interessant proces, som vel i sig selv kunne fortjene, at man satte pen til papir.

En anden ting var, at verden i den grad var i forandring. Da projektet startede, havde jeg endnu ikke taget det sidste skud coronavaccine, og var opløsningstendenserne ikke allerede synlige, blev den famøse flagermusinfluenza – og især myndighedernes reaktion på den – punktet, hvor der dannede sig kløfter mellem folk, som ikke længere lod sig krydse. Gamle venskaber visnede og familiernes sammenhængskraft kom under pres, mens parlamentarikerne tyede til tvang og tvivlsomme tolkninger af gældende lovgivninger for at tackle en situation, det moderne samfund aldrig havde stået i før. Det var ikke kønt. Politikerne udviste totalitære tendenser af en art, de bestemt ikke var gået til valg på, og menigmand gjorde ofte det samme, når retningslinjerne skulle håndhæves i hverdagen. Som en person, der kunne se sagen fra begge sider, oplevede jeg i de år ofte at komme i klemme, mens dydens vogtere stødte sammen med antiautoritære stemmer i det digitale rum. I sidste ende mente jeg, at mange overreagerede, og enten udviste en tillid til myndighederne, der var lige så dum, som den var rørende, eller var til fals for selv de mest forskruede tænkemåder så længe, de bare de gik imod den brede konsensus.

Det var et rum, hvor fake news og andre måder at fordreje virkeligheden på – her taler jeg også om socialkonstruktivismen, som den kom til syne i diverse identitetspolitiske strømninger – trivedes, mens sandhederne smuldrede på stribe. I hvert fald for mig, men sikkert også de mange forfattere, der i al hast udgav "coronabøger".

Den vej ønskede jeg ikke at gå. Skulle jeg fremsætte et udsagn om den tid på tryk, ønskede jeg, at det var underlagt eftertankens klarhed. Af samme grund gik der et stykke tid, før jeg igen kunne nærme mig dagbogsnotaterne, da det sidste var blevet publiceret. Og farvede, som mange af dem havde været af aktuelle debatter, måtte jeg gå kraftigt til stoffet med ragekniven. Skære alt fra, der var opstået på baggrund af forurettelse eller momentant vanvid, og fortsætte med alle de digressioner, jeg med stigende

8

frekvens tydede til, når debatterne blev for meget. Jeg måtte skrælle lag af, indtil jeg atter nåede ind til den historie, jeg *virkelig* ville fortælle, nemlig min egen. Hvem, jeg havde været. Hvem, jeg var nu. Hvem, jeg gerne ville blive fremover.

Af samme grund er *At pisse blod ned i ungdommens kilde* ikke en "coronabog", lige så lidt som den direkte handler om krigen i Ukraine, de stigende fødevarepriser eller identitets-forvirring ophøjet til politiske agendaer. Det er historien om en mand, der forsøger at blive voksen, men ikke aner, hvordan man gør, og da slet ikke i et rum, hvor alting flyder. Det er et værk, som handler om at være træt til døden af diskussioner, men så meget desto mere sulten efter konkreter. Og måske mest af alt: Hvordan man overvinder en kollapset personlighed og kommer videre.

Måske et mindre kulørt volumen, end mange kunne have ønsket sig, men i et ellers tumultarisk rum de ord, som blev stående.

Må de have mere end en flygtig værdi.

9

2/2 2022

Det er ikke ret tit, jeg kan huske, hvad jeg har drømt. Jeg sover for lidt, men når jeg endelig gør det, er det som en sten, og den adgang, jeg ellers har til min underbevidsthed, er et kunstnerisk anliggende.

Men i nat var der nogen, som havde placeret en atombombe på et offentligt kontor. Selvfølgelig var jeg taget derind. Rummet, vidunderet var placeret i, var lukket af, mens nogen kæmpede for at demontere det i tide, men sikkerhedsafstanden var rent symbolsk – kun 5 meter – og blev vogtet over af en frisk, lidt nørdet kontormand, der serverede kaffe til de få tilstedeværende.

På et tidspunkt gik jeg ud for at ryge. Gaderne var blæst. Folk var flygtet ud i periferierne, hvor de højst kunne dø langsommere og mere smertefuldt. Uden skyggen af værdighed.

Skidtet røg selvsagt ikke i luften, men selve scenariet slår mig stadig som fuldstændigt vanvittigt og aldeles normalt.

3/2 2022

Af og til slår det mig, at der trods alt *er* løbet noget alder på. Mest fordi meget af det, jeg kan huske, så afgjort hører en anden verden til. For pokker: Jeg erindrer den dag, familien fik farvefjernsyn. Live Aid og Murens Fald var om ikke i går, så i forgårs, og jeg var der, da Nirvana spillede på Roskilde med en dopet, men dog levende Kurt Cobain i front. Selv d. 11. september er fjern fortid for mange mennesker nu.

Nu ikke at jeg er ked af at kunne huske de ting. Det føles godt at have noget historie med sig i bagagen. Det er bare så mærkeligt at blive "gammel". Det havde jeg aldrig projekteret med. Jeg ved ærligt talt ikke hvordan, man gør. Faktisk havde jeg regnet med at blive blæst i småstykker, inden jeg overhovedet blev voksen, og føler mig på en mærkelig måde snydt.

Specielt forventningen om, at man "i min alder" forventes at geare ned for i stigende grad at blive tilskuer til andres liv og debatter - fortælle sig selv, at skibene *er* sejlet, og pænt finde sig i at blive reduceret til uskadelig festpynt ovre i hjørnet - passer mig ikke særligt godt. Fanden til spild af tid og initiativ.

Jeg må vist opfinde den der alderdom selv. Om nødvendigt fra bunden.

7/2 2022

I lang tid havde jeg en aversion imod at bruge ordet "jeg" i det, jeg skrev. Det var en rygmarvsreaktion, indrømmer jeg, mod en kultur, der i højere og højere grad sætter egoet i centrum med alt, hvad dertil hører af stupide og kortsigtede beslutninger. 60'ernes og 70'ernes frigørelse fra rigid autoritetstro og andre mekanismer, der forhindrede individet i at realisere sig selv, er forlængst kammet over i noget, der ikke stod i manuskriptet dengang: Ophøjelsen af psykopaten til ideal. Det handler for enhver pris om at nå fremad uanset hvem, man ødelægger på vejen. Og når man nu har nået toppen, er det vigtigt at forkæle sig selv med peeling, mindfulness og lækre køretøjer. Kommer der såkaldte eksperter og påstår, at de har mere indsigt på det ene eller andet felt, end man selv har, kan de få fingeren, for jeg alene vide. Og nu, hvor vi er ved det, så fuck klimakampen: Det er ikke *jegs* problem, at Jorden stille og roligt er ved at gå under. Regningen for ens uhæmmede selvforkælelse må det virkelig være ungernes opgave at betale.

Jeg, jeg, jeg. Jeg mig her, jeg mig der, jeg op, hvor solen ikke skinner.

Jeg kan slet ikke snuppe det. Det kan "jeg" selvfølgelig være bedøvende ligeglad med, for "jegs" vilkårlige mening er alligevel blevet den eneste universelt gældende målestok. For mig er det bare indlysende, at egoet uanset hvor meget, det har ret til at udforske og realisere sine egne muligheder, er uløseligt forbundet med resten af universet, og at man derfor ikke kan ræse blindt derudaf med skyklapperne på. Ens egen lykke afhænger, om man vil det eller ej, af andres, og inden man ophøjer egoet til noget helligt, kan man med fordel huske på, at ormene med lige stor glæde fortærer kejseren og brøndgraveren.

Egentlig tog jeg et identitetspolitisk standpunkt, da jeg udraderede ordet "jeg" i mine skriverier. Mere end sexisme, racisme og hate crimes var det væsentligt for mig at få sat det skide jeg ordentligt på plads, for af det voksede de andre dårligdomme. Desuden var det et overlagt forsøg på at tvinge lyrikken som sådan ud af soveværelserne og de indeklemte karlekamre. For pokker: Den *kan* jo andet og mere end at være navlebeskuende transmissioner fra en eller andens blævrende jeghus.

På det seneste har jeg imidlertid åbnet for brugen af ordet igen. Ikke fordi jeg pludselig er begyndt at forgude egoet. Det handler bare om, at tryk avler modtryk, og man derfor ikke opnår noget godt ved at slette størrelsen af landkortet heller. Det er nu engang et redskab, vi har til at agere og manøvrere i virkeligheden med.

Men det er ikke "jeg", der er tilbage. "Jeg" på kendisklubben, "jeg" i fitnesslokalet, "jeg" på et afsides sted i færd med at kule besværlige andre ned. Det er jeg i verden, jeg i vinden, jeg på gaden, jeg under det store, ubegribelige stjernehav.

For det er der, jeg hører hjemme. Jegs naturlige habitat. Stedet, hvor jeg giver mening ud over den allermest stupide og flygtige.

Jeg skal være den prisme, lyset udefra brydes igennem. De erfaringer og billedlag, der – sikkert paradoksalt nok – realiserer sig selv ved at give andet og andre stemme.

Lugter det ikke lidt af new age, er der sikkert nogle, der vil spørge. Det synes jeg ikke. Snarere af sund fornuft. Placer et menneske tilstrækkeligt længe i en isolationscelle, og du vil se hvor mægtig en kraft, "jeg" er. Når først egoet går i feedback, er vanviddet en uundgåelig følgevirkning.

Men placer jeget i en virkelighed, der tvinger det til at bøje af, omorganisere sig, udvikle sig, og det bliver en anderledes levende ting. Og, vil jeg hævde, ikke mindre af et jeg af den grund.

Det jeg kan kulturen, som vi kender den nu, godt bruge mere af. Og den kamp vil jeg hellere end gerne kæmpe.

Kampen for retten til ikke at fylde det hele, men dog være ordentligt til.

24/2 2022

Jeg kan ikke med flokke. Ikke fordi folk i større mængder ikke kan have ret. Jeg forholder mig bare meget skeptisk overfor mekanismerne.

Forstå mig ret: Jeg kan godt finde ud af at løfte i flok. Har måske endda en tendens til at blive den første blandt ligemænd, fordi jeg hurtigt kan aflure, hvor processerne slingrer, og ikke er bange for at handle på det. Men ellers kan jeg såmænd også være tilfreds med bare at løfte min definerede del af opgaven, hvis den da ellers er værd at udføre.

Men det er en tidlig erfaring, at flokke gør noget ved folk. Den samme person kan være fornuftig at snakke med under fire øjne, hvor vedkommende godt kan se alle nuancerne og problemerne, og totalt blank i plenum. En af de ting, jeg husker tydeligst fra min barndom, er trods alt at krumme mig sammen under slag og spot i skolegården, mens resten af klassen – også mine bedste kammerater i fritiden – kørte en stemning op.

Af samme årsag afsøger jeg terrænet grundigt hver gang, jeg løber på et fællesskab. Undersøger, hvad det eksisterer for, tjekker for skjulte dagsordener og giftige måder at operere på og spørger mig selv, hvem der har mest at vinde på sammenholdet. Herunder også, om det er en person med tilstrækkelig rygrad til at tackle den indflydelse og tillid, vedkommende bliver tildelt, for i ni ud af ti tilfælde er flokken slet ikke et fællesskab, men en tvivlsom lederskikkelse med et følge af får.

Jeg vejer, og som regel finder jeg sammenhængen for let.

Det er derfor, jeg aldrig har involveret mig voldsomt i hverken religiøse eller politiske sammenhænge. Hvis jeg kunne, ville jeg naturligvis gerne ændre verden, og den slags kræver teamwork, for én mand skaber sjældent en revolution. Men så snart man går ind i et partikontor eller frekventerer den ene eller anden form for menighed, forventes man at hænge sin evne til selvstændig tænkning og stillingtagen sammen med overtøjet i entréen. Derefter vil man tilbringe det meste af tiden med at overbevise hinanden om, hvor rigtige lige nøjagtigt dét fællesskabs ideer og fremgangsmåder er, og bruge en masse tid på at definere begreberne "os" og "dem". Inden længe vil man kigge ind i spejlet og være ude af stand til at sige, hvem "jeg" er. Og sandsynligvis vil man også være bedøvende ligeglad, så længe musikken bare spiller. For "os". Efter det punkt står alle muligheder åbne. Jeg skal nok lade være med at nævne fænomener som Jonestown, Den Franske Revolution og Holocaust som frugter af sammenlignelige processer. Det ville være for nemt, ikke?

Sagen er, tror jeg, at folk som regel er kloge nok hver for sig, men dumme som snot, når de optræder i flok. Jo flere mennesker, der er samlet i et rum, jo lavere kollektiv IQ. Hvilket i øvrigt også er en erfaring, jeg har gjort mig ude på scenerne: Hvis publikum bare er tilstrækkeligt stort, kan man prutte i en flaske eller sy stramaj under spotlightet: Folk vil *elske* det, man gør, uanset hvad. Det svære er at overbevise et eksklusivt selskab bestående af kritiske individer om sine kvaliteter.

Mekanikken er klar: De fleste vil gøre *alt* for at passe ind, herunder at lade sig reducere til lallende fæhoveder, der hujer og klapper af noget, de udmærket ved er noget lort. Det må de i og for sig selv om. Jeg skal ikke fortælle voksne mennesker, hvad de skal stille op med deres liv.

Men jeg har tænkt mig at bruge *mit* på at finde ud af, hvor langt min egen tankekraft kan føre mig, hvis jeg holder vandet åbent.

Og ender det med en ny omgang bøllebank i skolegården, er det sådan, det må være.

26/2 2022

Dagens nyhed er, at fuglene er begyndt at synge om morgenen igen.

Der er ikke længere tale om en enkelt, sindsforvirret solsort, som sidder og leger forår for sig selv, mens sneen falder. Nu er flere andre arter begyndt at slutte sig til koret. Vel befinder morgenmusikken sig stadigvæk i en spæd og snublende fase – der er stadig langt til den kosmiske symfoni, man kan høre ved daggry i april eller maj – men der *sker* altså noget.

De er dumme, de fugle. Ved det da ikke, at verden er på vej i opløsning? At ingen ideologier længere holder vand? At økosystemerne får lov til at kollapse, uden at nogen gider at røre en finger? At selve virkelighedsbegrebet er ved at smuldre i hænderne på beregnende populister og hjemmeflikkede sprogfilosoffer? Og hvad med ham Putin?

Jeg er slet ikke overbevist om, at de er dumme, fjerkræene.

Det er dem, som lige har gennemgået et halvt år med frost, blæst, vandkulde, mørke og sporadiske fødekilder. De har set ældre eller svagelige artsfæller give op og falde døde til jorden, for sådan *er* det bare at være et vildt dyr, som ikke har et rækkehus med gulvvarme at overvintre i. Mens vi vakler rundt i et stadigt mere konturløst rum, hvor vi bilder os ind, at man ændrer realiteterne ved at udskamme bestemte ord, og at sandheden i det hele taget er, hvad man har besluttet sig for, at den skal være, har de fuldstændigt styr på, hvor de befinder sig, og

21

hvad, de er. Og de står 100 procent inde for det med hver eneste ting, de foretager sig.

Der er mere substans i en gærdesmutte, end der er i den samlede, vestlige civilisation. De spilder ikke deres tid på mundlort, spekulationer og teoretiske spidsfindigheder, fuglene. De har travlt med at overleve. Og når lyset vender tilbage: Synge.

De har gjort det gennem millioner af år: Rystet kulden ud af lemmerne for at fløjte løs, om det så har været i angst, liderlighed eller spontan glæde over en ny, lys dag. Og man må give dem, at det har virket. Indtil vi kom med vores støjende hjerner og rastløse hænder, gik det kun én vej for dem: Fremad.

Kunne man snakke med en musvit, ville den sikkert fortælle en, at bare det at tale om en mening med livet røber, at man aldrig vil blive i stand til at fatte den.

Og så ellers bede en om at skrubbe ad helvede til, så den kunne komme videre med arbejdet.

2/3 2022

Ok, lad os gennemgå beviserne.

Jeg tager mig så vidt muligt en eftermiddagslur.

Jeg er blevet lidt for god til at løse krydsord.

Jeg er svært glad for brun sovs og syltede græskar.

Jeg er mere til sort kaffe end designerdrugs.

Jeg barberer mig udelukkende i ansigtet.

Jeg kan se et helt afsnit af *Barnaby* uden at få lyst til at kyle skærmen ud ad vinduet.

Jeg mener, at punk er fedt og trap er nederen.

Jeg synes, at de unge debattører som oftest er velmenende, men lider under en indlysende mangel på overblik og livserfaring.

Jeg kan huske alt om Leonid Bresnjev, Ole Olsen og Jørgen Clevin, men aner ikke, hvem de fleste aktuelle kendisser er.

Jeg er meget skeptisk overfor digitaliseringen af alting, "for hvad nu, hvis lortet crasher?"

Jeg mener, at verden i almindelighed så bedre ud i går.

Jeg er ved at forvandle mig til nogens bedstefar, og der er ikke en skid, jeg kan eller vil gøre ved det.

11/3 2022

Tre år, før han døde, fik min farfar en hjerneblødning, som sendte ham på plejehjem. Det var ikke første gang, det var sket, men så absolut den værste. Hvor han før havde kunnet træne sig fra mindre sproglige og motoriske problemer, lod det sig ikke længere gøre.

Helt væk var han ikke. Specielt i starten vekslede klare perioder med andre, hvor han var småpsykotisk og talte sort, og med min farbrors mellemkomst lykkedes det ham endda at sælge en bedaget traktor, der nærmest blev holdt sammen af tape og tyggegummi, for 10.000 kroner i *Den Blå Avis*. Men det *var* en fæl omgang, og jo længere tid, der gik, jo mere tog demensen over.

Efter en periode i Silkeborg, hvor han stadig kunne føre nogenlunde sammenhængende samtaler med de andre beboere, blev han rykket til Fårvang, hvor folk var helt væk. Han må med sin delvise funktionsdygtighed have følt sig ensom der, men der var intet, venner og familie kunne stille op. Udover altså at komme på besøg.

Sidste gang, jeg var der, havde han ikke en specielt god dag, men var dog i stand til at genkende mig som "ham der henne fra huset", som han før blodproppen havde haft lange snakke om slægtens historie med. Ellers var han mest optaget af at rejse sig fra kørestolen, som han havde gjort det før – bare under væsentligt mere lovende omstændigheder – med det resultat, at han på et tidspunkt lå på gulvet op rodede rundt. Livsviljen skulle man ikke tage fejl af.

Da han var blevet hjulpet tilbage i sædet, sad han et øjeblik og var stille. Så brød solen gennem skyerne udenfor.

Hold kæft, hvor han stirrede på den. Som om den – efter 95 års gang på planeten Jorden – var noget nyt, ubekendt og helt ufatteligt for ham. Som om han sad og gjorde sig tanker om, hvad man kunne bruge sådan en til.

Jeg vil aldrig glemme det blik. Eller den mellemting mellem et smil og en måben, der bredte sig ud over hans ansigt.

Det blev også mit sidste billede af ham. Da han et stykke tid efter for alvor blev alvorligt syg, var det dels vanskeligt for mig at nå hjem for at sige farvel, dels følte jeg allerede, at jeg *havde* gjort det. Dem, som var der, sagde også efterfølgende, at der ikke var meget at komme efter.

Men manden, som havde vist mig, hvordan man lavede en flitsbue, tærskede korn og opsatte muldvarpefælder, havde på falderebet lært mig en af de vigtigste ting, jeg føler, jeg har fået med i bagagen. En lektion, der kan bruges dagligt både i livet og kunsten. Som *bør* bruges.

At hver ting, der findes, er absolut magisk og uforståelig. At intet er så fortærsket, at man ikke kan lære at bruge det på ny.

15/3 2022

Jeg er et introvert røvhul.

Sådan kan det i hvert fald nemt udlægges af folk, som ikke rummer det element. Og de findes. Skabninger, der føler, at de mister sig selv, hvis de ikke har selskab 24 timer i døgnet. Som elsker, når naboerne er tæt på, og finder ethvert socialt forbehold moralsk forkasteligt. Godt for dem. Det er en attitude, som på mange måder gør livet lettere at leve.

Men den er ikke min. Og jeg kan ikke engang gøre for det. Pres mig på det punkt, og jeg ender med at blive først tvær, så direkte hysterisk, selvom jeg udmærket ved, at reaktionen kan være urimelig.

Jeg kan sagtens være social. Når jeg er i det hjørne, elsker jeg at vælte mig i mennesker, og taler gerne med hvem som helst, der gider at snakke med mig. Men på et eller andet tidspunkt når jeg en grænse, og så skal jeg hjem, før bøtten vender. Før det går galt.

På en hverdag har jeg som regel fået homo sapiens nok, når jeg kommer fra job. Så kravler jeg ind i et hjørne for at være alene med mine ord, følelser og tanker, og før jeg selv siger til, er det ikke en god ide at gå til mig. Ikke sådan at forstå, at jeg som det første eksploderer, men man får sandsynligvis ikke mere engagerede meldinger ud af mig end "hm" og "nå". Jeg er mentalt, hvis ikke også fysisk brugt op og har behov for at rekuperere, før jeg kan være noget for nogen igen. No hard feelings, hvis du kommer ud for det. Sådan er det bare, og det er i virkeligheden ret instinktivt. Pres citronen på sådan et tidspunkt, og jeg reagerer som om, at jeg er blevet udsat for et overgreb.

På en måde er jeg det også. Vi er i hvert fald ude i noget med en grænse, der ikke bliver respekteret. Men jeg ved også, at det som regel er af folk, som slet ikke kender til den slags. Der lige så instinktivt er *på* hele tiden, som jeg føler behovet for at lukke mig inde i min egen verden.

Bare rolig. Jeg bliver som regel god igen.
Jeg skal nok vende tilbage fra mit semi-dødsrige
for at dele ud af mig selv så længe, lager haves.

Men indtil da: Vil du ikke nok være så
venlig at lade mig være i fred?

21/3 2022

Det bedste værn mod meningsløshed er at skrive.
Sætter man først den proces igang, kommer
betydningen helt af sig selv, for flowet kræver
termer, som igen kalder på modtermer, og før
man ved af det, er man igen *for* noget, hvilket i
sagens natur indebærer, at man er *imod* noget
andet.

Sproget er nemlig opbygget af dualismer,
og uden det er de fleste moderne mennesker så
meget ude af stand til at manøvrere, at de i
ramme alvor påstår, der ikke findes andre
virkeligheder end den verbale.

Jeg tænker, at dyrene også findes i en slags virkelighed. Måske en, der er så ufattelig for os, at den ikke kun består af sort-hvide mønstre. Kan det ligefrem tænkes, at den er i *farver?*

22/3 2022

I min barndomsby lå der et råvarelager i umiddelbar forlængelse af vores baghave. Foderstoffen, blev stedet kaldt. Det var der, områdets landmænd afhentede gødning, såsæd og den slags. Men selve lageret fyldte kun en mindre del af matriklen: Resten henlå som et vildnis med en dragende effekt på flækkens børn, herunder mig, som byggede hemmelige huler og lavede stier på terrænet.

Men det var ikke kun os unger, som blev tiltrukket af den omtrentlige ødemark. Det gjorde også en større flok katte – nogle forvildede, andre simpelthen født i det fri – der om sommeren solede sig i ruinerne af en nedrevet tilbygning, om

31

vinteren krøb ind under selve Foderstoffens fundament for at holde varmen og fange mus. Lederen af det foretagende var en stor, rød, hærget hankat. Og en dag, hvor jeg legede alene i det høje græs bag bygningen, stod den pludselig og kiggede på mig.

Jeg satte mig på hug og kiggede igen. Rakte hænderne ud og ventede. Den kom nærmere og gned sig op ad dem, og fra da af var vi venner, mig og Rødmis. Han havde valgt mig, hvilket er altafgørende, når det kommer til katte. Gå til en halvvild størrelse, som *ikke* har valgt dig, og det bliver en travl dag på skadestuen.

Det var et smukt venskab. Han besøgte mig i baghaven, når jeg legede bondegård, og var med, når jeg forsigtigt kantede mig gennem "dødsruten", som førte igennem en stor klynge bjørneklo. Han introducerede mig for sin flok, som jeg før da forgæves havde prøvet at komme i kontakt med, og jeg blev optaget i klanen. Med et kunne jeg gå til selv den mest forsvarsivrige hunkat og nusse ikke blot hende, men også killingerne.

Problemet med katte er bare, at det ikke er alle, der bryder sig om dem. Mange haveejere i det gamle Voel havde ondt i røven over, at flokken – særligt Rødmis – strejfede rundt på deres velplejede grunde for at fange smådyr, tigge mad eller, hvilket var aldeles utilgiveligt, skide i sandkasserne.

Jeg skal ikke kunne sige, om de dannede en junta, som lagde pres på Foderstoffens forvalter, eller om nogle af dem simpelthen tog sagen i egen hånd. Men en dag var der tomt bag bygningen. Hver og en var de blevet skudt og skaffet af vejen.

Jeg var knust. Og selvom min farmor og farfar fik fat i en killing, som de forsøgte at trøste mig med, var det ikke det store plaster på såret. Den valgte nemlig ikke *mig*. Uanset hvad, jeg gjorde, kunne jeg ikke charmere mig ind på den, hvorfor den da også snart blev afhændet til anden side.

33

Hvorfor jeg fortæller den her historie? Jeg er ikke helt sikker, men jeg ved, at den lærte mig en hel del om katte. Og endnu mere om mennesker.

25/3 2022

I 1940'erne og 50'erne eksisterede der en litterær bevægelse, som fik navnet hereticanerne efter tidsskriftet Heretica. Mange af dem var tidligere modstandsfolk, som – foruden en forkærlighed for kristen symbolik – delte en utopisk drøm om en ny samfundsorden efter 2. Verdenskrigs rædsler. De mente ikke, at man uden videre kunne videreføre den gamle verdens ideologier, men havde samtidig svært ved at pege på, hvad en eventuelt ny skulle bestå i. Derfor talte de om en Johannesforventning: En henvisning til Johannes Døberen, der som bekendt havde til opgave at gøde jorden for Jesus. De skrev for at harve, men var bevidste om, at det ikke stod i deres magt at så.

De fejlede. Da Heretica lukkede i 1953, var verden endnu en gang delt op i to skyttegrave med konservatismen og liberalismen på den ene side, socialismen og kommunismen på den anden. Der har fronterne så gået indtil nu, hvor vi qua situationen i Ukraine atter er på kanten af en verdenskrig.

Jeg kan ikke finde ud af, om jeg er den sidste hereticaner, eller om jeg er en tidlig repræsentant for noget kommende, men Johannesforventningen kan jeg uden videre genkende.

Siden 2005 har jeg været medlem af Enhedslisten. Det sidste parti på tinge, jeg bare så nogenlunde kunne følge. Den tid er forbi nu. Deres støtte til den socialdemokratiske sundhedsreform var den sidste dråbe – fandeme om staten har ret til aktivt at gå ind og bestemme, hvad folk skal stille op med deres liv og helbred – men ægteskabet har slingret længe. Jeg er utilfreds med den måde, de har holdt hånden under først Helle Thorning-Schmidt, senere Mette Frederiksen på, og partiets holdninger til både sundhedsområdet og kongehuset har længe plaget mig. Selvom jeg ofte har drømt om at vende hele bøtten på hovedet, er og bliver jeg bare ikke republikaner.

Dermed har jeg sagt farvel til venstrefløjen, og helt ærligt er den ikke bedre værd. I mange år har man fra den kant gået mere op i tvang, restriktioner, forbud og manøvrer på kanten af ytringsfriheden end solidaritet, lighed og social sikkerhed, og med den siddende regerings holdning til indvandrerområdet har fløjen fået et parti, der er lige så rabiat – hvis ikke værre – end noget som helst, højrefløjen kan diske op med.

Jeg er gammel nok til at kunne huske den tid, hvor socialismen handlede om at sætte fri frem for at begrænse. Nu er den plantænkning, som altid har været dens aber dabei, nærmest det eneste, som resterer af ideologien med det resultat, at Danmark efterhånden er blevet et mere reguleret samfund end det gamle Sovjet, hvor selv Stalin ikke forbød folk at snuppe en smøg eller sippe et bløp vodka for at dulme den eksistentielle angst.

Hvis man dermed tror, at jeg har sagt goddag til blå stue, kan jeg på det kraftigste benægte det. Jeg respekterer de konservatives fattede måde at føre politik på, som har ført landet gennem mange kriseperioder, og kan til et vist punkt følge liberalisternes frihedstrang. Men for det første er det kapitalismen mere end noget som helst andet, der har sendt os ud i et økologisk kollaps, for det andet er fløjens grundlæggende ulighedstanke mig vederstyggelig. Man skal heller ikke glemme, hvor racismen traditionelt har haft sit helle, og hvordan også den fløj ved flere lejligheder har vist sig at have et anstrengt, hvis ikke ligefrem usmageligt partisk forhold til ytringsfriheden.

Måske har højrefløjen alt i alt skuffet mig mindre, end venstrefløjen har, men ene og alene af den årsag, at jeg aldrig har regnet med noget særligt fra den side af salen.

Dermed står jeg nu tilbage uden noget kvalificeret sted at sætte mit kryds. Det, der sker på Christiansborg, vil altid være min sag, eftersom mit liv på alle niveauer bliver påvirket af det, men der er ikke længere nogen, jeg har lyst til aktivt at gå ind og støtte. Hele foretagendet er uden for pædagogisk rækkevidde, og som hereticanerne har jeg ikke noget at sætte i stedet.

Ikke udover drømmen om en ny tankegang, som har bæredygtigheden indbygget i sit dna: Der ikke blot betragter klodens tilstand som et sideprojekt, man kan hygge sig lidt med, hvis der ikke foregår noget mere interessant på de sociale medier den dag. Som betoner social lighed og personlig frihed lige stærkt, og også i mellemmenneskelig forstand er farveblind. Som vægter klar tale, ærlighed og respekt for vælgerens intelligens over spin, propaganda, løgne, som alle tænkende væsener kan gennemskue, og tvivlsomme gradbøjninger af Menneskerettighedserklæringen.

En politisk filosofi, som sætter kommunikation over fremmedgørelse og forholder sig til verden, som den er nu, i stedet for at tærske langhalm på tankemønstre, som forlængst har demonstreret deres uduelighed.

Jeg er Johannes. Jeg forventer.

Og jeg sørger for at passe mine kætterier imens.

28/3 2022

Vi lever i den postrationelle tidsalder, hvor ethvert udsagn er subjektivt, og ethvert argument kan ræsonneres i stykker.

Man kan sige meget om sandhedsbegrebet. I menneskelige sammenhænge *er* det i virkeligheden kun en konvention, hvis indhold i meget høj grad afhænger af øjnene, der ser, og hvordan hovedet bag tilrettelægger bevisførelsen.

Men ét ved jeg: Vi har brug for det som arbejdshypotese. Som postulat, som samlingspunkt, som praktisk løgn.

Falder først det, hvilket synes at være den allermest afgørende udvikling i disse år, venter kun vanviddet på den anden side.

3/4 2022

Jeg har selv undret mig over det: Hvorfor psykopaten som type er blevet fremelsket. Det gør jeg ikke mere. Det meste eksisterer af en årsag, og der er i hvert fald to områder, jeg kan se typen excellere på.

Det ene sted er naturligvis på slagmarken. Når først granaterne falder, er man ingen nytte til, hvis man panikker eller sætter sig til at tude over alt, man ser. Man skal holde hovedet koldt, så man med præcision og strategisk overblik kan sigte, trykke af og se fjenden segne. Hvis man så oven i købet kan smutte tilbage i lejren og holde fest bagefter, er det kun et plus: Det er godt for både én selv og den overordnede kampmoral. Psykologisk set er mekanikken stærkt ubehagelig, men man må sige, at den har sit formål.

Det andet sted er på lederkontorerne. Hvis der skal massefyres eller føres upopulære beslutninger ud i livet, giver det ingen mening at have hjertet uden på tøjet eller slæbe bekymringerne med sig hjem. Det samme hvis man er politiker og skal trumfe en lovgivning igennem, der rammer skyldige såvel som uskyldige i flæng. Man bliver værdiløs, hvis konsekvenserne af ens handlinger når ind under huden. Der skal handles konsekvent og kynisk. Lige noget for en psykopat.

Husk på, at det kun er defekte eksemplarer af typen, der ender som 2 X Peter: Lundin og Madsen. Flertallet af psykopater er for kloge til at sætte alt over styr for et øjebliks blodrus. De kender deres kulde og ved, hvornår og hvordan de skal benytte sig af den, så den fremmer mere end skader karrieren og familielivet. Det er trods alt et væsentligt kendetegn for typen, at den er beregnende.

De fleste psykopater lever fuldstændigt almindelige liv. Afleverer og henter børn, slår græs og maler gæsteværelser, sorterer affald og oplader elbiler. De gør, hvad der rationelt skal til for at holde skruen i vandet for sig og sine, og er fuldt ud opmærksomme på, at det i reglen fremmer deres sag at fremstå som jævne, imødekommende mennesker.

Deres sande natur opdager man først, hvis noget pisser dem af, og man er så uheldig at komme i enrum med dem. Som ham tovholderen for et jobsøgningsforløb, jeg engang var på oppe i Aalborg. På overfladen var ex-kaptajnen, som havde tjent i Afghanistan, indtil opgaven begyndte at virke *for* omsons, frisk, dynamisk og charmerende, og man opdagede først, hvad han rummede, hvis man blev kaldt ind til en personlig samtale. Så skal jeg ellers love for, at der var psykologisk krigsførelse for alle pengene.

Bevares: Ikke alt, han sagde, var ubrugeligt, men inden man kunne omsætte de glimrende tanker til praksis, skulle man først slippe levende ud af lokalet, og mentalt var det ikke alle, der nåede så langt.

Man må give manden, at han rent faktisk *fik* nogle stykker i job, og det er det forbandede ved psykopaten. Typen er uhyggelig og *burde* principielt ikke eksistere, men er det i dens interesse, kan den sagtens handle "godt" og konstruktivt: Det handler ene og alene om hvilken side af stregen, gevinsten befinder sig på, og som sagt findes der scenarier i et samfund, hvor det er en absolut fordel at kunne handle skarpt og samvittighedsløst. Diktatoren og den nødhjælpsarbejder, som er i stand til at få hjælp frem ved at forhandle med diverse vanvittige krigsherrer, kan sagtens høre til samme type. Psykopatien er en motor, og den kan drive mere end én bilmodel. Det eneste, man skal huske, er bare, at egoismen er benzinen. Uden selvisk interesse starter bilen ikke.

Er det et delvist forsvar for typen, jeg er ude i? Det kommer vel an på, om man synes, at krig er en fornuftig løsning på noget som helst, og om virksomheder eller administrative enheder skal være så store, at de kalder på afstumpede mennesker, der kan skære igennem. Helst så jeg et samfund, hvor empatien på alle planer var lov. Men det er ikke et sådant, vi har skabt, vel?

Vi har skabt et paradis for psykopaten. Et sted, hvor det er ham eller hende, som kommer til at gå i det dyreste tøj og drikke de ædleste vine. Vi har tilmed sat os selv i en position, hvor hele lortet falder sammen, hvis det styres af tøvende hænder.

Ergo har vi de psykopater, vi fortjener, og vi bliver ved med at fremelske dem. I sengene, i daginstitutionerne og skolerne, hvor det handler om at råbe højere end normeringerne, og ikke mindst i tv-programmernes realityhelvede, hvor det altid er den største kyniker, som sender de andre hjem, løber med gevinsten og soler sig i den afsluttende hyldest.

Vi hader dem. Men samtidig er det os, der bliver ved med at tildele dem magt og indflydelse, og det siger sig selv, at de ikke takker nej.

Det, jeg forsøger at sige, er vel, at psykopaterne ikke alene er psykopaternes skyld.

6/4 2022

Er ved at tygge mig igennem Otto Gelsteds *Græsk Drama* fra 1957. En formidabel præsentation af antikkens væsentligste skuespiltradition, der inkluderer grundige gennemgange af Aischylos', Sofokles', Euripides' og Aristofanes' forfatterskaber, og dertil et værk, der også så mange år efter virker moderne og oplagt til genudgivelse.

Jeg har hæftet mig ved mangt og meget under læsningen, men måske især at Gelsted går så uimponeret til klassikerne, som han gør. Ingen næsegrus respekt her for forfattere, hvis værker har overlevet 2500 års omskifteligheder: Han læser dem så kritisk, som var de samtidige, og især Euripides får det glatte lag i en gennemgang af *Medea*, hor han ganske vist roser både plottet og iscenesættelsen, men også peger på adskillige passager, hvor den gode tragiker enten ikke førte kniven hårdt nok eller gik i navlepillende selvsving.

Og seriøst: Hvorfor går man generelt ikke hårdere til klassikerne?

Bevares: På sin vis gør man det, men af de forkerte årsager. I de senere år har man f.eks. ikke tøvet med at læse Sappho ind i nyfeministiske dagsordener, som sikkert har ligget hende fjernt, ligesom man for tiden er ved at gå hele verdenslitteraturen igennem med den store ragekniv for at fjerne alle referencer til Rusland og russere. Men det er ikke ofte, man ser nogen kritisere selve *håndværket* hos de store og gamle længere.

Jeg mener: Dem, som skrev, var trods alt *mennesker*, og mennesker begår fejl eller har irriterende særheder, der vanskeligt lader sig overse. Det gælder også for forlængst kanoniserede navne som f.eks. Euripides. Selv ville jeg ønske, at jeg kunne læse Herman Bang. Manden skrev godt og var efter alt at dømme et såre sympatisk menneske, som bare var landet i den forkerte tidsalder, men hans af nogle berømmede impressionistiske metode, hvor han kan bruge flere sider på at beskrive inventaret i en dagligstue, lader mig fuldstændigt kold. Kom nu *videre*, for pokker!

Så er der Percy Bysshe Shelley. Hvor jeg til enhver tid kan få et kick ud af læse Byrons voldsomme, for den tid meget frie og ekspressive poesi, fornemmer man klart en genklang af feudalisme og – erklæret ateist eller ej – forsimplet, kristen dualismetænkning hos makkeren. Som i øvrigt heller ikke var nogen blændende stilist: Det var som om, han ikke rigtigt gad de rytmiske skemaer, han benyttede sig af. I hvert fald sjuskede han en del med dem.

Omvendt har jeg aldrig følt, at H. C. Andersen fik credit som fortjent. Gang på gang ser man ham reduceret til den pusseløjerlige eventyrdigter, der læser op med små børn på skødet, men "Den Lille Pige med Svovlstikkerne" foregreb realismen, "Det Uartige Barn" og "Skyggen" var symbolisme in spe og *O.T.* en temmelig moderne, om end ikke videre sympatisk roman om betydningen af arv og miljø. Han var dygtig uanset hvad, han bevægede sig ud i, og både langt mere "beskidt" og visionær, end man ynder at fremstille ham som i turistbrochurerne.

Vi trænger i høj grad til at læse vores litteraturhistorie igen med nye øjne. Ikke for at strege, censurere eller skrive om, men for at skrælle mytedannelser og andet skidt, der har hobet sig op gennem århundreders kanonisering, bort. På godt og ondt vurdere kunstnerne som *kunstnere* frem for glansbilleder eller traditioner. Som mennesker, der skrev, og var mere eller mindre gode til det, end vi fik at vide i skolen.

Af den grund alene er det værd at genlæse Gelsted. Han tog ikke fanger.

11/4 2022

Man skal ikke bilde sig ind, at man kan føre en
rationel diskussion under en krig.

    Krig handler om at pløkke folk. Hvis man
begynder at problematisere den enøjethed, som
skal til for at udføre handlingen, er man ikke blot
naiv.

    Man bliver også den første til at modtage
en kugle i nakken.

13/4 2022

Der findes videnskabsfolk, som i ramme alvor
hævder, at universet, som vi kender det, er en
computersimulation.

    Det er muligt. Der er meget, som er muligt.

    Men indtil skidtet begynder at pixellere
eller går i sort på grund af en strømafbrydelse, vil
jeg mene, at teorien siger mere om tidsånden,
end den gør om verdensaltet.

15/4 2022

Herner er en bamset, gråmeleret hankat af uvis
alder. Da konen og jeg hentede ham på et hjem i
Vordingborg, havde han allerede nogle år på
bagen, så han må være mindst 10 nu, om end
fortsat rask og rørig.

Den tidligere strejfer, som har så lidt
fighter i sig, at man må formode, han har klaret
sig gennem tilværelsen i det fri på charmen, har
prioriteterne i orden, og han demonstrerede det
fra starten. Første gang, jeg så ham, kom han ude
fra køkkenet, hvor han givetvis havde mæsket sig
i en god portion dåsemad. Han kiggede direkte på
mig, kom hen og lavede så et "bonk": Drattede om
på siden og blottede maven. Kom så igang med at
nusse mig, mester!

Herner er bedøvende ligeglad med censur
og krigspropaganda, identitetspolitik og stigende
fødevarepriser. Hans evangelium er enkelt: Spis,
elsk, sov og leg. I den prioriterede rækkefølge.
Bliver han presset hårdt nok, kan han også

kæmpe: Han er langt fra harmløs. Men så skal man også pisse enormt meget på hans sukkermad, og selv da markerer hellere end skader han.

Herner kan lide alle, som kan lide ham, og dem, som ikke kan, spilder han ikke mere krudt på end nødvendigt. Dem om det. Man får efter essens, og der bliver ikke spurgt om holdninger i døren.

Herner er enten overmåde begavet eller ikke den skarpeste kniv i skuffen. Selv er han bedøvende ligeglad med hvilket prædikat, man hæfter på ham. Han har et godt liv.

Jeg er langt fra færdig med at lære af Herner.

20/4 2022

Jeg tilhørte en generation gennem to uger i 1996.

Vi var en flok lovende litterater, som havde mødt hinanden gennem danskstudiet på Aalborg

Universitet. I forvejen hang vi ud privat for at drikke bajere, høre musik og tænke alskens højtravende tanker. Det skete, at der gik en joint rundt, og så var vi særligt subtile, hvis vi selv skulle sige det.

En aften, hvor røgen hang særligt tungt i rummet, fik vi den tanke, at vi simpelthen var den nye generation i dansk litteratur. Den indsigt skulle udmønte sig i et tidsskrift lidt á la *Sidegaden* i 1980'erne og *Taarnet* i 1890'erne, hvor vi ville udbrede vores nye, revolutionære tanker, som vi kun en lille smule havde lånt fra Jean Baudrillard og Jacques Derrida, for alverden.

Vi lovede højt og helligt hinanden at have masser af vilde tekster og ideer med næste gang, vi mødtes. Der ville vi også beslutte, hvad navnet på vidunderet skulle være.

Fjorten dage senere sad vi der igen, blomsten af den danske, litterære ungdom. Jeg havde fisket et digt frem fra gemmerne, der var blevet redigeret til, så det gispede efter vejret, og en af de andre – den mest etablerede i flokken –

kom med en nyskrevet novelle. Ellers kredsede interessen mest om stereoanlægget, glassene og sølvpapiret, og vi udvekslede lidt uenigheder, mens der blev ristet og tændt op. Så vidt, jeg husker, endte aftenen på Malkepigen, hvor der var fadølsfest.

Jeg kasserede mit elendige digt, novellen blev udgivet i en anden og bedre sammenhæng, og vi snakkede aldrig om det tidsskrift igen.

Eller om vores generation.

21/4 2022

Jeg kendte engang en dreng, som følte sig forfulgt af en dæmon. For det meste viste den sig ved sengetid, men også om dagen kunne den lige pludselig stå der med sine lysende øjne og skræmme ham fra vid og sans, mens den forsøgte at lokke ham til sig.

Mit råd var at se den i øjnene, mens han fortalte den hvor lille en lort, den var. Det virkede, fortalte han mig senere.

Alle væsener lever af noget, og det, som får den slags tilstedeværelser til at vokse og trives, er angst. Nægter man dem sin, skrumper de ind og bliver magtesløse.

Der findes også mennesker, som har et dæmonisk stofskifte. Der vokser så længe, de får negativ opmærksomhed, men falder sammen som punkterede balloner, når det ikke længere er tilfældet.

Nogle af dem forsøger ved enhver given lejlighed at provokere ved f.eks. at brænde bøger af på strategisk udvalgte steder. Man kan i sit stille sind ønske sig det værste for dem, men sandsynligvis vil det blot tjene deres formål.

Der findes kun et effektivt middel mod den slags mennesker: Ikke at give dem lov til nasse på sin kostbare opmærksomhed.

11/5 2022

Det er mit problem.

Egentlig tænker jeg ikke over, om glasset er halvtomt eller halvt fyldt. Jeg tømmer det bare.

Så forlanger jeg et til og giver pokker i, om baren er lukket.

17/5 2022

I går blev den jyske puma kørt ned. Politiet i Vejle blev kaldt ud til en vejkant, hvor den lå og forblødte. Betjentene kunne dog hurtigt konstatere, at der faktisk var tale om et rådyr, og som den ene lakonisk sagde, kunne han lige pludselig godt forstå antallet af observationer.

Også i England er der i de senere år løbet rapporter ind om en sund bestand af pumaer. Fra Cornwall til Chesire har folk spottet store, amerikanske kattedyr, som ikke havde nogen særlig grund til at være der ud over, at man også på den side af Nordsøen synes at have brug for *mysteriet.*

For det er det, jeg tror er humlen i det. De fleste mennesker lever så ordinære og kedelige tilværelser, at de har behov for den der lidt farlige, men også spændende raslen i buskene. I gamle dage havde man nisserne, elverfolkene, varulvene og ikke mindst den sorte hund, som vel er pumaens mest oplagte forløber. I dag, hvor tanken om noget decideret overnaturligt er flertallet imod, ser man i stedet flyvende tallerkener på himlen og rovdyr fra andre verdensdele i skovbrynene. Også gode, gamle Nessie har - selvom der for pokker ikke kan findes den aborre i Loch Ness, hvis færden man ikke kan redegøre for i detaljer - på det seneste oplevet en renæssance.

Det er egentlig et smukt træk i folk: At de stadig har brug for magien, selv i så afpillede former. At de fortsat så brændende ønsker, at der er noget derude, som endnu ikke kan måles og vejes. Noget dragende og ubestemt, man kan føle sig ydmyg overfor.

Jeg genkender det fra mig selv. Som Fox Mulder fra *X-Files* udtrykte det i sin tid: "I want to believe". Også jeg føler en stærk trang til at se den der dødssyge, jordslåede, gråmelerede virkelighed krakelere og give plads til det fantastiske.

Men jeg er også så rationelt indstillet, at jeg vil se håndfaste beviser.

Det letsind er mig ikke beskåret, som kan forvandle rådyr til bjergløver.

19/5 2022

Jeg er kke en stor fan af ord.

Det lyder sikkert mærkeligt, når det kommer fra en mand, der har tilbragt det meste af sit liv i deres selskab, men netop derfor har jeg ikke den store tillid til dem. Jeg ved, hvor let de kan fordrejes eller fejltolkes. Hvordan man via dem kan opbygge fiktioner, der synes så virkelige, at man handler på baggrund af dem, hvad enten de tager form af fake news, fordomme eller menneskelige glansbilleder.

Forstå mig ret: Ordene er nødvendige, hvis man vil overføre informationer, og både sjove og intellektuelt stimulerende at lege med i kreativ sammenhæng. Særligt når man har indset, at de aldrig bør stå til troende. Så er man for alvor fri som kunstner.

Men som menneske vinder man ikke min tillid ved at give mig sit ord: Man skal *handle*. Man vinder ikke min kærlighed gennem søde ytringer, men ved at *demonstrere* den. I det hele taget skal man ikke bilde sig ind, at man fylder noget som helst i mit univers, før der har været øjenkontakt.

Den væsentligste information her i livet er nonverbal: Overføres via blikke, gestik eller anderledes intuitive, uforklarlige processer. Og man ved først, at en relation er dyb, hvis man kan være tavse sammen. Sproget kan bruges og misbruges på alle tænkelige måder, men stilheden er ubestikkelig.

Saliggørende, fordi den bekræfter. Farlig, fordi de afslører. Kraftfuld, fordi den i den grad forstærker alt, man kommer til den med.

Sproget, derimod, er et upræcist instrument, som har det med at forvrænge og fortynde alt, det kommer i berøring med.

Tag det fra en fagmand: Det er noget billigt lort.

2/6 2022

Jeg kan huske mit første valg. Det fandt sted i Linå Forsamlingshus engang i 1970'erne.

Jeg blev passet hos mormor og morfar i nabobyen Hårup, og allerede fra dagens start kunne jeg mærke, at noget særligt var på færde. De gik begge to i bad, og bagefter smurte morfar hele ansigtet ind i barberskum, så han lignede Julemanden. Med resolutte, kyndige strøg

59

fjernede han masken og duppede ansigtet med den aftershave, som sammen med Hvid Orlik udgjorde hans signaturduft.

Efter kaffetid trak de i deres fineste puds. Han fandt jakkesættet frem, og hun skruede sig ned i den bedste blomstrede kjole, hun havde. Så satte vi os ind i deres Ford Taunus og rullede afsted.

Udenfor forsamlingshuset lignede det hele en familiefest under opsejling – alle bar det bedste, de kunne finde i garderoben, i hvert fald – men minerne var seriøse: Man var her ikke for sjov. Man var her for at skrive historie, og meningerne var hemmeligheder, alle vogtede over for en sikkerheds skyld. De to gamle skiftedes til at holde øje med mig, mens den anden gik ind i boksen for at sætte det hellige kryds med gardinet grundigt trukket for. I øvrigt skulle jeg i dagens anledning opføre mig pænt og roligt. De var ellers hjertelige mennesker, som i vid udstrækning lod en gøre, som man lystede, men i dag var det altså på sin plads med noget andægtighed.

Jeg kan ikke huske hvilken regering, der kom ud af anstrengelserne - givetvis en af Anker Jørgensens - men som antydet trængte alvoren ind i selv mit lille, umyndige hoved. Mine morforældre havde kendt og elsket mennesker, hvis holdninger aldrig nåede at få betydning. De havde oplevet de fem onde år, hvor tyskerne styrede butikken. De vidste, hvad alternativet til demokrati var, og tog af samme grund stemmeakten dødsens alvorligt.

Alt det her fandt dog også sted, før spindoktor var blevet en respekteret og vellønnet stilling, landets dygtigste journalister flokkedes om. Ikke at studehandler og rævekager var fremmedord i 70'ernes politiske klima, men på en helt anden måde var en mand en mand, et ord et ord. Politikerne tog stadig vælgernes intelligens alvorligt frem for at behandle dem som hjernedøde får, der kom i vejen for deres arbejde og knapt var værd at lyve ordentligt for.

Det var en anden tid, og på det punkt er den savnet.

3/6 2022

Der er folk, som afsøger horisontalt, og så er der andre, der afsøger vertikalt.

Det er typer, som typisk har en masse godt at sige om hinanden, rejsende i sindet, som de begge er. De har længslen til fælles. De kan ikke stilles ved det umiddelbare og banale.

Men de er også vidt forskellige væsener. Den ene vil halse fra lufthavn til lufthavn i jagt på det næste fly videre, mens den anden vil afsøge det samme jordstykke i en uendelighed for nye hemmeligheder. Som jeg har måttet sande et par gange i løbet af mit kærlighedsliv er det impulser, som ikke kan forenes på dén måde. Det er lige synd for begge parter.

For min del har det altid undret mig, hvorfor det skulle være nødvendigt at samle på nye stempler i passet. Der er noget forceret over den måde at opdage verden på. Jeg kan ikke lade være med at spørge mig selv om, hvad det er, folk flygter fra, siden de synes at frygte ethvert varigt ophold. Uanset hvad, det er, vil de akkurat lige så godt kunne møde det i Yokohama som ved landsbyens gadekær. Mennesker er i bund og grund ens verden over. Hvorfor spendere millioner i rejseudgifter for at finde ud af det, når man akkurat lige så godt kan forblive på den samme plet og studere folk, mens de passerer forbi?

Omvendt er der nok også folk, som vil beskylde mig for manglende sult og nysgerrighed. Hvorfor denne tilsyneladende angst for at vove sig ud på ukendt territorium? De skulle bare vide, hvad jeg kan få ud af at betragte en mælkebøtte eller et stenkorn.

Alligevel fører begge tilgange til, at man sådan cirka lærer det samme, for verden er kun så stor, som den er.

Og uanset tilgangen aldrig stor nok.

13/6 2022

Jeg undrer mig ind imellem over, hvor han blev af. Den lille, glade dreng, der drak saftevand og byggede slotte i sandkassen.

Mit liv har formet sig som et langt uskyldstab. Der har været perioder, hvor jeg dyrkede syndefaldet: Gjorde dekadencen til en dyd. Men for det meste har det bare gjort ondt at se de blå øjne fortone sig i spejlet.

Jeg er ikke sikker på, at jeg nogen sinde blev voksen. Jeg holdt bare gradvist op med at lege – i hvert fald for sjov – i takt med, at troen på det gode i mennesket blev mere og mere udfordret.

Nu er jeg typen, der kan standse en fest ved bare at sætte mig i hjørnet og stirre, hvis jeg er i det humør.

Det gode og rene, spontane, kærlige og umiddelbare er der endnu. Det er bare blevet sværere at nå ind til end nogen sinde før.

Måske er den slags bare gået af mode.

14/6 2022

Mit hadeord for tiden er "udfordringer". Et fremragende eksempel på, hvordan poppsykologien har bredt sig ind i almindelig sprogbrug: Nu skal det være slut med den der negative tilgang! Tag modgangen som en gave! Se den som en mulighed for selvudvikling! Kom så! Tjep, tjep, tjep! Underforstået: Kan du ikke løse knuden, er du ikke stærk nok, ikke klog nok, bare ikke *tilstrækkelig*.

Jeg er ikke tilhænger af at sænke paraderne og bare give op, når vinden ikke blæser i ens retning, men jeg bryder mig endnu mindre om lommefilosofi af den slags, som visse folk tjener styrtende med penge på at servere i forbindelse med managementkurser og selvhjælpsseancer, hvilket siger meget om hvor fortabt, det moderne menneske egentlig er. Og frem for alt kan jeg ikke udstå forblommet tale.

Ifølge *Den Danske Ordbog* er en udfordring en "*opgave, der stiller (intellektuelle og kreative) krav til én*". Der er noget legende og søgende over begrebet. Problemformuleringer i universitetsopgaver og produktudvikling indenfor det private erhvervsliv er eksempler på udfordringer, der *er* udfordringer.

Men når ulvene står udenfor døren og hyler, hjertet er knust, computeren crasher, ægtefællen dør, verdensbilledet krakelerer, jobbet er fortid eller man præsenteres for uløselige dilemmaer, har man ikke udfordringer: Man har fandeme *problemer*. Står man midt i en perfekt storm af den ikke ualmindelige type, hvor den ene vanskelighed afføder den anden, endda af en overordentligt seriøs karakter. Så skal der ikke komme en eller anden popsmart nar og fortælle en, at man har at ranke ryggen og tælle sine velsignelser, hvis man ikke har tænkt sig at kapitulere og blive rubriceret som en taber.

I praksis *skal* man selvfølgelig finde det i sig at forcere det ufremkommelige terræn – man *skal* overleve, traumatiseret eller ej – men der er ingen leg involveret i det. Det er en kamp på liv eller død, og ingen guldrandet klovn skal komme og fortælle en, at det vidner om manglende rygrad, hvis der sker det forfærdelige, at man ender med at bukke under.

Det er ikke ualmindeligt at pakke de ækleste tanker eller synspunkter ind i noget, der ligner girafsprog: At foregive rummelighed, forståelse og hjælpsomhed, men i virkeligheden være benhård, fordømmende og kynisk. Og for mig er den måde, ordet "udfordringer" bruges på nu om stunder, et lysende eksempel på den slags.

Få det væk eller brug det rigtigt. Som ordbogen siger, at det skal bruges. Og lad os så ellers forholde os til *problemerne*.

20/6 2022

Jeg kom ikke fra et hjem med klaver.

Der var paprør fra badeværelset, man kunne trutte i, metalstykker i værkstedet, som lavede fede lyde, når man slog dem mod

hinanden, og elastikker, der lød forskelligt alt
efter længden, man trak dem ud ud i, men der var
intet klaver.

Der er en væsentlig forskel.

30/6 2022

Jeg kan ikke sige, at jeg hader sport. Jeg fatter
bare ikke den stemning, mange folk kan køre op
omkring emnet, og forstår slet ikke, hvorfor
resten af verden partout skal stå stille, fordi
nogen gerne vil have en bold ind i et net eller
trille rundt på en landevej i det sydfranske.

Som jeg har forstået det, handler det hele
om pokaler. Om at nogen – og helst dem, man af
vilkårlige, gerne geografiske årsager holder med
– skal være verdens bedste. Når de så er blevet
de, går kampen om næste års medaljer
gudhjælpemig allerede igang. Bevares: Der findes
ikke ret meget, som har en permanent karakter,
men invaderer man et land, bygger et hus eller

laver en plade, er der da et eller andet, som bliver stående ud over øjeblikket. Tavlen bliver ikke vasket ren i samme øjeblik, som der står noget på den. Der er et eller andet, som kan ligne en mening, med galskaben.

Sådan er det ikke i sport. Man skal lede længe efter en bedre illustration af Sisyfos-myten. Udøveren knokler et helt år for at gå amok i guld og champagne en enkelt aften, hvorefter vedkommende igen kan tage fat på at trille stenen op ad bjerget.

Fred være med det, dog. At jeg har et belastet forhold til fænomenet skyldes mest, at dem, som går op i emnet, dybest set vil skide på andre folks behov og prioriteter, mens konkurrencerne står på. Som lille måtte jeg gang på gang finde mig i, at den halve times tv for børn, der dagligt blev sendt på monopolkanalen, blev sløjfet, fordi to hold i Danmarksserien skulle mødes på en pløjemark et sted. Senere er jeg direkte blevet bedt om at holde kæft, fordi jeg et kort sekund kom til at tale om noget andet under en fodboldkamp. Brød 3. Verdenskrig ud, er jeg også sikker på, at nedtællingen til udslettelsen ville blive afbrudt til fordel for en enormt vigtig curlingkamp et sted. Jeg kan slet ikke rumme den tilsidesættelse af andre hensyn.

Alligevel kan jeg, tror jeg, følge mentaliteten på et primalt plan. Der *er* ting, man bare må være i her og nu, og det er de færreste, som bryder sig om at blive afbrudt midt i et samleje eller andre typer handlinger, hvor koncentrationen, og dermed nærværet, er sat på spidsen. Er man ikke 100 procent til stede i den slags, falder hele molevitten til jorden. Om man vil, kan man betegne sport som Zen for masserne: Det tætteste, mange folk kommer det sublime.

Det kan jeg sætte mig ind i og sågar respektere. Jeg kan endda acceptere, at situationer af den type ikke behøver at give mening. Måske er det bedste af alt faktisk, når meningens tunge åg for et øjeblik bliver løftet fra ens skuldre.

Man skal bare ikke forvente, at jeg klapper i mine små hænder næste gang, jeg bliver afbrudt i noget, der er vigtigt for *mig*, fordi andre har lyst til at brøle lå-lå-lå og vifte med flag.

7/7 2022

Jeg var i Göteborg med Tina. Det var vi ofte: Vi var begge bidt af en gal pladesamler, og set fra Hou i Vendsyssel var det nemmere at sejle over Kattegat for at finde de fede butikker, end det var at tage til København. I de to år, vores forhold varede, tilbagelagde vi nok dødsruten fra Skivhugget til Bengans otte gange, mens vi langede nye og brugte vinyler til os for alt, vi overhovedet kunne undvære af SU'en.

Den sommer havde svigerfar Egon besluttet sig for, at vi skulle forkæles med en kærlighedsferie på et luksushotel i den indre del af byen. Det skal jeg også love for, at vi blev. Alene receptionen lignede noget, der var taget ud af *Dollars*, og da en kustode havde vist os op på værelset, konstaterede vi, at tv'et allerede kørte, og der flimrede en personlig velkomsthilsen hen over skærmen.

Så var der morgenbuffeten, hvor man kunne vælge mellem syv eller otte slags håndpresset juice, mens os to flippere fra det nordjyske – den ene med dreadlocks og piercinger, den anden en sortklædt slacker – blev gloet på af alle de de fine folk i designerkjoler og jakkesæt, der så ud som om, at de undrede sig over, hvorfor vagterne ikke havde fjernet os endnu. Ubehageligt, sådan set, men unge og fuck you-agtige, som vi var, fik vi en fest ud af at være stedets øjebæ.

Nå, men tæt på hotellet lå der altså et større, overdækket butikstorv, som vi selvfølgelig også skulle undersøge, om der lå en ordentlig pladeforretning i. Det gjorde der sådan set ikke. Vi måtte begge to anstrenge os for at komme ud derfra med noget brugbart. Men duerne husker jeg.

Ligesom på Hovedbanegården var der flyttet masser af vingede væsener ind, der ynglede oppe under tagspærene og ellers trippede omkring på marmorgulvene for at hakke hvad, de nu kunne finde af krummer og andre medrester i sig.

Dem var vi godt igang med at fodre, da Tina bemærkede en mand, som kom ind i synsfeltet med en riffel i den ene hånd, en elefanthue i den anden.

Der var ikke noget faretruende i det, viste det sig. Som han forklarede en forbipasserende, var han der for at holde fuglebestanden nede. Der var lyddæmper på våbenet for ikke at opskræmme folk, og om lidt ville han kravle op under taget for at regulere, som han udtrykte det.

Som sagt, så gjort. Det varede ikke længe, inden det begyndte at regne med livløse duer. Ikke en lyd hørte man ud over de bløde dump, når de faldt, og det var kun hvis folk direkte var ved at blive torpederet af den bizarre nedbør, at de overhovedet bemærkede operationen. Og kun i

73

kort tid, hvis det var, for naturligvis løb der en mand rundt i salen for omgående at arkivere de afsjælede pipser i en plasticsæk. I almindelighed fortsatte shoppingen dog uforstyrret.

Det var meget civiliseret.

15/7 2022

Efter en ulykke i Tivoli Friheden, hvor en 14-årig pige kom ulykkeligt af dage, har politiet endnu en gang fundet det nødvendigt at opfordre folk til ikke at uploade videoer af den slags på YouTube. Velsagtens fordi nogen allerede *har* gjort det.

Det er tilsyneladende rigtig manges reaktion, når de kommer ud for noget voldsomt: Ikke at styrte til for at hjælpe, ikke at skaffe sig selv af vejen, så de professionelle kan komme til, men at hive mobilen frem og begynde at filme. Og ikke med henblik på at have noget at vise politiets efterforskere, men slet og ret for at score hits på nettet.

Man kan vælge at betragte den type opførsel som et moderne fænomen, men umiddelbart tænker jeg, at det kun er teknologien, som er det. H.C. Andersen beskrev en henrettelse, han som latinskoleelev blev tvunget til at opleve i 1825, som et rent gøglermarked, hvor folk stimlede sammen for at huje, købe skillingsviser og drikke de eksekveredes blod i troen på dets magiske kræfter. Før det – i 1801 – sad folk i deres fineste skrud og tømte picnickurve inde på Esplanaden, mens utallige søfolk mistede livet under Slaget på Reden.

Jeg har selv flere gange set, hvordan folk stimler sammen, når der sker en ulykke. Den værste var en sommerdag i 00'erne, hvor min egen mor stod af færgen i Odder, blot for at falde over en metalpæl og hamre hovedet ned i asfalten. Jeg gik nogle meter foran med min daværende kæreste, og det var først da jeg blev opmærksom på kødranden – og ikke mindst det faktum, at hun manglede – at det gik op for mig, hvad der var sket. Hun kom heldigvis ikke noget seriøst til, men jeg skal aldrig glemme folks ligegyldighed, da jeg forsøgte at trænge gennem kredsen af gribbe under det ikke urimelige påskud, at jeg var hendes søn. De havde deres eftermiddagsunderholdning at tænke på, mange tak.

Jeg ved ikke hvilket endeligt, der venter mig, men eftersom der har været hjerteproblemer i baglandet, finder jeg det ikke helt usandsynligt, at jeg styrter om på gaden en dag. Der skal nok være tilskuere. Masser af dem. Nogle af dem vil foregive at "hjælpe" eller "vise omsorg", andre vil stå ved de svin, de er, og spise is til, mens andre igen vil lade filmen rulle, så de har noget at underholde med på den tids sociale medier. Alle som en vil de utvivlsomt gøre deres bedste for at forhindre, at kvalificerede hænder kommer til for at redde mig: En lykkelig slutning tjener sjældent historien.

Har jeg mulighed for at vende tilbage fra de døde og hjemsøge, kan de hver og en se frem til interessante nætter.

16/7 2022

Måske er hele den måde, vi anskuer på vores liv på, forfejlet, og socialkonstruktivismen bare kulminationen af en lang række fiktioner, vi har forsøgt at overføre på vores eksistens.

Det er som om, vi som minimum alle sammen forventer, at vores levned spejler fortællingen. Har en begyndelse, en midte, en slutning og et logisk sammenhængende væv af personer, episoder og temaer, som på smukkeste vis vil forløse sig til sidst.

Men hvad nu, hvis der kun findes en begyndelse, et ophør og et mellemliggende interval fyldt med vilkårlige øjeblikke, som ikke bindes sammen af andet end øjnene, der ser? Hvad nu, hvis allerede den poetik, Aristoteles opstillede, *ikke* effektivt efterlignede virkeligheden, selvom det nok så meget var hans intention, men var en fiktion, hvis struktur siden har sat sig tungt på vores tolkning af tilværelsen. Hvad nu, hvis vi i vores sidste øjeblikke indser, at der *ikke* var nogen narratologi i det, vi kaldte vores skæbne, men at alle vores flotte forestillinger simpelthen endte med at løbe ud mellem fingrene på os? Hvad nu, hvis vi blev overladt til den helt nøgne, barskrabede realitet, hvor man er til eller ikke, og der måske nok er en vis logik i den måde, tingene sker på, men ingen historier at fortælle, ingen forgyldte moraler at uddrage af dem?

Det er et spørgsmål, som optager mig mere og mere. Det slår mig, at det er i tilnærmelsen til fænomenerne, der er nye, væsentlige erkendelser at gøre sig: Ikke i det spekulative felt, hvilket alt længe har været en dårlig vane i vores kultur.

Et andet godt spørgsmål: Er det moderne menneske - beskyttet i hoved og røv mod alt, der ligner hårde kendsgerninger, som det er - overhovedet i stand til at overleve uden sine fiktioner?

Vil vi hellere ride til helvede på ryggen af en enhjørning end skælve, når frosten sætter ind?

4/8 2022

Jeg bryder mig ikke om ligegyldighed. Jeg bryder mig ikke om folk, der praktiserer fænomenet heller.

Selvfølgelig kan man ikke gå lige meget op i alting. Også jeg har nogle områder, hvor jeg er nødt til at trække på skuldrene for at kunne være på i andre sammenhænge. Men *er* jeg på, er jeg det til gengæld med alt, jeg rummer, og er bedøvende ligeglad med, om jeg kører mig selv i sænk. Tingene skal bare være *i orden*.

Det gælder på jobbet. Det gælder i kunsten. Det gælder hver gang, jeg er oprigtigt entusiastisk omkring noget.

Mange folk lever, har jeg indtryk af, tilværelser, hvor intet kan få dem op at køre, ingenting mønstre det ekstraordinære i dem. De japper sig gennem alting og er bedøvende ligeglade med, om de river gærdet ned, mens de forsøger at springe over, hvor det er lavest. I de tilfælde, hvor holdningen skyldes depression, har jeg forståelse for den måde at eksistere på - også jeg kender den sorte hund alt for godt - men som regel *er* folk bare ugidelige, indifferente, kolde i røven. Døde mennesker med varme i huden og aktive personnumre.

Jeg er dybest set ligeglad med, om det er stramaj, ølbrygning eller obskur, ungarsk avantgardemusik fra 30'erne, folk går op i, bare de gør det med liv og sjæl. Bare jeg kan se øjnene lyse.

For at tildele noget andet værdi er at tildele sig selv værdi. At gøre sig selv til en ressource. At være i verden.

At være ligeglad er at være ligeglad med sig selv. At diskvalificere sin eksistens. At reducere sig selv til en stupid, biologisk forekomst.

Udtrykt på en anden måde: Det mest usexede ord, jeg kan komme i tanke om, er "blah".

6/8 2022

Hospitaler giver mig myrekryb.

Jeg er næppe alene om det. I det hele taget bryder meget få, tror jeg, i min familie sig specielt om den slags steder. Bare til en start.

Ubehaget er knapt nok rationelt. Folk dør og lider der, jovist, men det er også der, de føder, bliver lettet for voldsomme problemer og oftere end ikke kommer sig.

Jeg har en gang været på sygehuset for at tage afsked med en døende. Det var så grimt, at jeg mistede min barnetro på det, men indtil videre også en isoleret hændelse. Ellers har jeg været der i anledning af fødsler, operationer, som virkede, og længere behandlingsforløb, der endte relativt lykkeligt. De positive erfaringer burde logisk set opveje de negative.

Men dels går min sjette sans – alt efter hvor tyndslidt, jeg er – amok i den slags omgivelser. Det er som om, jeg kan mærke smerten i væggene som en mur af støj, jeg har svært ved at abstrahere fra.

Dels er omgivelserne ultimativt fremmedgørende. Dette gennemført hvide miljø, hvor lyset er stærkt som det, man siges at opleve i dødsøjeblikket, og alle konturer synes at smelte sammen. Dette vældige rum, som er bygget til alle og derfor ingen.

Endelig kan jeg simpelthen ikke med den måde, mennesker bliver til kød på sådan et sted. Skrigende, jamrende eller forstemmende tavse kødklumper, der rulles op og ned ad gangene for at blive stukket eller snittet i. Scenariet minder mig simpelthen om et slagtehus.

Generelt har jeg det svært med, at ting bliver for korporlige. Ikke sådan forstået, at jeg ikke kan operere med blod, sekreter og afføring, men jeg kan grundlæggende ikke lide, når kroppen tager over på bekostning af sjælen eller bevidstheden. Jeg får kvalme, hvis jeg ser dokumentarprogrammer fra operationsstuer, og har også svært ved at opleve mine nærmeste

som karnale, stupidt funktionelle enheder. Jeg
kan ikke have det, når mennesket viger til fordel
for legemet, hvilket sker konstant på et hospital.

Jeg tager hatten af for enhver, der kan og
vil arbejde i de omgivelser. De gør mere gavn end
de fleste. Tanken om, at jeg før eller senere selv
vil få et længere forløb sådan et sted, får
imidlertid blodet til at forsvinde fra mit hoved,
kræfterne til at svigte i mine ben.

Gør mig en tjeneste, folkens.

Når det sker, så tag en hulens stor flaske
whisky med, hvis I kommer på besøg.

12/8 2022

De begynder stille og roligt at falde fra, hippierne.
Jeg ved godt, at de har været den mest
omdiskuterede generation i verdenshistorien. På
nogle punkter kan jeg måske også godt se
hvorfor. Men jeg er ikke en del af det smædekor,
der har samlet sig omkring dem.

Min generations typiske fortælling om de selvoptagede forældre, der aldrig rigtigt var til stede, fordi de hellere ville udforske sig selv eller ændre verden, end de ville lege kernefamilie, har aldrig været min. Jeg var ikke en af dem, der meldte sig ind i Konservativ Ungdom for at pisse de gamle af, eller udleverede deres svagheder i beske satirer a la *Det Store Flip*. For mig var de åndelige storebrødre og -søstre, som min egen svagpissergeneration umuligt kunne leve op til, og jeg var i den grad klar over, hvad jeg havde at takke dem for: Afskaffelsen af revselsesretten og den sorte skole, kvindefrigørelsen, fluxus- og popkunsten, den ambitiøse rockmusik, den første electronica, det tolerante Danmark og demokratiseringen af stort set hvad som helst.

De havde sat et eksempel, som var umuligt at efterfølge, og tro mod punken, som blev min store ledestjerne i teenageårene, gennemgik jeg da også en fase, hvor jeg automatisk skyede dem og deres. Men det var jo ikke en konstruktion, som holdt vand: Man skulle være godt dum for ikke at regne ud, at også den bevægelse i virkeligheden var en udløber af det, som skete i '68, bare med nihilistisk fortegn. Godkendte bands som Stooges, Velvet Underground, The Doors, Faust og Henry Cow var i virkeligheden sorte blomsterbørn, og det tidlige Røde Mors tese om, at deres sange maksimalt måtte rumme tre akkorder, så alle kunne spille og synge dem, var om noget punk. Det, som startede i '77, ville have været en umulighed uden de sene tresseres kulturelle mangfoldighed.

Måske var det også nemt for mig at have det standpunkt. Mine egne forældre var for unge til at have været med. De var børn af disco og glam: Af en årgang, hvor man allerede havde lært af de større søskendes værste fejltagelser. Min barndom var ikke fyldt med bollerum og tilfældige folk fra kollektivet, som skulle lege opdragere. Der hang ikke kæmpemæssige plakater af Lenin og Mao på stuevæggene, ligesom der ikke skjulte sig frimærker med LSD i fars skuffedarium. Mine gamle havde absorberet de ideer, de kunne bruge, og gav dem på bedste vis videre til mig. Altså befandt jeg mig ikke på ground zero, men voksede op i en tryg afstand af begivenhederne.

Så meget sagt har jeg altid haft forståelse for, at en generation, der i den grad repræsenterede noget nyt, også måtte fejle på nogle punkter. I '68 vidste ingen, hvad konsekvenserne af det, man havde sat igang, ville være. Det var *nødvendigt* at prøve alle muligheder af, om så bare for at konstatere, at de ikke fungerede. Blekingegadebanden og RAF var nødvendige, bollerummene og de strikkende fædre var nødvendige, sommerlejrene i Sovjet og evighedstrippene var nødvendige. Nogen var nødt til at afsøge de ekstremer, før det blev muligt for andre at sætte grænser.

Ergo er det, jeg først og fremmest takker hippierne for, at de allerede havde taget det meste af skraldet for mig, da jeg begyndte at afsøge verden og min egen bevidsthed. Jeg behøvede ikke selv at kaste mig ud i afgrunden under forsøget på at blive så fri, som det nu kan lade sig gøre indenfor den vestlige verdensordens rammer. Terrænet *var* afsøgt.

Dernæst vil jeg takke dem for *modet*. Modet til at opsøge nye ideer og følge dem til dørs uanset omkostningerne. Min egen mere konservative generation burde have lært af det i stedet for at spærre sig selv inde i parcelhuset med Børge Mogensen-stolene og rødvinen i kælderen, fordømmende alt, som var sært og fremmedartet.

Nu takker de af en for en. Og selvom generation Z måske har mange af de samme ideer - og lidt af den samme tonseragtige energi - minder den også i betænkelig grad om de stive og stramtandede forældre, hippierne gjorde oprør imod. Trods alt, der bliver sagt, mangler *hjertet* ligesom i dét oprør. Det gjorde det - selvoptagetheden og betonmarxismen til trods - aldrig hos hippierne.

Jeg vil fandeme savne dem.

26/8 2022

Det var en anden tid.

 Jeg kan godt følge det identitetspolitiske hold, når det ikke mener, at dét argument bør redde Simon Spies' eftermæle i den aktuelle sag om morgenbolledamerne. Et svin er et svin, hvilket også var tilfældet i 70'erne og 80'erne. Nogen *burde* afgjort have grebet ind, men der var ikke noget dengang, som hed MeToo, og i de rette cirkler talte pengene højere end moralske argumenter. Desuden manglede de sociale medier: I 1984 kunne man ikke piske en shitstorm op på samme måde, som man kan i dag. Folk i Spies' situation var på en helt anden måde urørlige.

 Man kan dog ikke afvise tidsargumentet generelt, som det ofte forsøges, for der *har* været andre tider med radikalt anderledes tankemønstre: Nogle så fremmedartede, at jeg heller ikke fatter dem. Vil man måle, om folk var ækle eller sympatiske, er man nødt til at bedømme det, de gjorde, ud fra datidens snarere end nutidens standarder.

Tag 90'ernes ironiske distance til alting, som jeg i dag synes er uklædelig: Nutiden kalder på alvor, men dengang var jeg så skyldig som alle mulige andre. Min barndom blev tilbragt i skyggen af atombomben, og da Muren faldt, var det befriende at le af alt, man kort forinden havde tildelt absolut betydning. Rend mig i Marx, rend mig i Adam Smith, rend mig i kirken og kongen og fædrelandet: Jeg vil *feste*, indtil hjernen dratter ud af kraniet på mig, og det til lyden af James Last!

Vi insisterede på at være sorgløse, selvom vi i virkeligheden var alt muligt andet. Snarere dybt forbitrede over den verden, vi var blevet tildelt. Ironien var vores finger til forældrene såvel som borgermusikken. Alt det højtidelige og alvorsfulde var skidesjovt. I hvert fald gennem et par uger i 1996, for realiteterne begyndte stille og roligt at trænge ind alligevel. Hvis ikke før, så

89

senest i 2001, da et par fly i New York satte verdenshistorien igang igen.

Mange aktuelle problemer kunne have været taget i opløbet, hvis vi havde taget verdenssituationen seriøst i stedet for at fylde i os. Men det var min årgangs store forsyndelse. Vi ville *leve* og latterliggjorde alt, som stod i vejen for den mission.

Går man længere tilbage, kan det virke utroligt, at Familien Andersens "Jeg har Set en Rigtig Negermand" fra 1970 engang var indbegrebet af multikulturel tolerance og politisk korrekthed. I dag forekommer sangen racistisk med sine uheldige udtryk og groteske stereotyper, men i en verden, hvor de færreste havde mødt andet end hvide mennesker, og man lige akkurat var på vej ud af kolonialismens tidsalder, var ordene faktisk varme og forstående. I 1970 befandt globaliseringen sig stadig på et meget spædt stadium. Sådan var det.

På min tipoldefars tid havde man fattiggårde. Målt med nutidige alen rædselsfulde steder, der dybest set var arbejdslejre for dårligt stillede. Man var der som regel på livstid, spærret inde i tætte og beklumrede rum, mens man udførte ensformige opgaver til gengæld for madrationer og et sengeleje af tvivlsom beskaffenhed. Grunden til, at jeg nævner min tipoldefar Jens i den sammenhæng er, at han var med til at drive en sådan i Skorup Sogn mellem Århus og Viborg, og skulle jeg anlægge en "woke" tankegang på hans virke, burde jeg hade ham som pesten. På den tid var alternativet bare, at dem, som boede der, ellers ville have været overladt til vind, vejr, smårapserier og tiggervirksomhed. De ville have vandret på værkende ben fra gård til gård, indtil kulden en dag fik ram på dem i en vejkant. Fattiggården gav dem i det mindste mad på bordet og en fast base, så uden at forherlige fænomenet, var den det første skridt i retning af det sociale sikkerhedsnet, vi kender i dag, og Jens en progressiv sjæl i et samfund, hvor kummer i egentlig forstand var en realitet. Han fortjener virkelig at blive målt ud fra sin tids målestok frem for nuets.

Min pointe er, at man ikke kan fordømme folk uden at regne den kontekst, de opererede i, med. Og den dag skal såmænd nok også komme, hvor folk vil tage dyb afstand fra dem, som råbte op om kønnede trafiklys og navne på ispinde, mens de vendte det blinde øje til klodens kollaps, demokratiets opløsning og alt andet, der bare mindede om håndgribelig virkelighed. Faktisk tror jeg ikke, at den dag er særligt langt borte.

Før eller siden vil vi alle få brug for den overbærenhed, hvis ikke ligefrem tilgivelse, der ligger i de fem små ord.

31/8 2022

Mikhail Gorbatjov døde i går aftes.

Det er sjældent, at jeg er lige ved at tude over at sige farvel til en politiker, men det skal ikke være nogen hemmelighed, at jeg sidst i

80'erne og først i 90'erne var endda *meget* glad for ham. Det skulle man også nærmest være som vesterlænding, for følelsen dengang var simpelthen, at hans glasnost og perestrojka gav os, der blev født til lyden af et stadigt højere tikkende dommedagsur, muligheden for at blive voksne. Under hele min opvækst følte jeg, at alt kunne være ovre på et øjeblik: Døden var aldrig mere end en fremmed mands tryk på en knap væk. Af samme grund holdt jeg tidligt op med at lægge udførlige planer for, hvad jeg skulle være, når jeg blev stor. Svaret var enkelt: Bombeføde.

Den følelse har i grunden aldrig forladt mig: Også i dag er jeg utilbøjelig til at tænke ud over øjeblikket, og et helt nyt trusselsbillede har i øvrigt også givet mig grund til ikke at fundere alt for grundigt over det der med pensionsordningen. Men det skal ikke lægges Gorba, som min årgang kærligt refererede til ham, til last: Han *prøvede* på at skabe en mere sikker verden. Først og fremmest ved – modsat Ronald Reagan og forgængeren Bresjnev – at være en stormagtsleder, man så nogenlunde kunne regne med *ikke* ville sende missilerne afsted.

I dag kan jeg godt se, at det måske var en overreaktion at tildele ham Nobels Fredspris. For det første var det Sovjet, han overtog ledelsen af, en kæmpe på lerfødder, der var dømt til økonomisk og politisk kollaps, og hans eneste reelle valgmulighed var faktisk at afvikle statsdannelsen så smertefrit som muligt. For det andet skal man nok ikke tænke for meget over, hvad han havde gjort for at komme til tops i så stift og tyrannisk et regime som det, der dengang regerede fra Kreml. For det tredje efterlod han sig et Rusland, der ingen chancer havde for at blive en stabil medspiller på verdensscenen. Flaget blev taget ned og skulpturerne væltet, men Homo Sovjetticus, som en lettisk udvekslingsstudent, jeg gik i klasse med på gymnasiet, kaldte de generationer, som var opvokset med en blind tro på totalitarismens velsignelser og en naturlig, russisk overlegenhed, forsvandt ikke af den grund. Da Putin overtog

94

ledelsen i sin tid, var holdningen – tro det eller ej – at han var det mindste af en række onder.

At russerne selv har det lunkent i forhold til Gorbatjovs eftermæle, er der flere gode grunde til. Efter ham fulgte kummeren, lovløsheden og ønsket om en ny, stærk mand. Som kom. I dag lider vi alle sammen under det.

Men kald mig bare naiv og nostalgisk: Jeg mærker stadig et stik i hjertet nu, hvor han er væk. Med ham forsvinder symbolet på, at der selv i det mest lukkede og undertrykkende system forekommer folk, som *vil* fremtiden og håbet. For til syvende og sidst *ville* han de ting. Han *ville*, at såvel Sergei i Minsk som Steffen i Midtjylland skulle vejre morgenluft på den anden side af atomskyen.

Han inkarnerede mennesket i systemet, hjertet bag jerntæppet, og fejlede han, gjorde han det i det mindste ud fra hæderlige intentioner.

Så må du, trods alle ridserne i lakken, hvile i fred, Gorba. Og tak.

95

6/9 2022

Det slog mig i går, mens jeg var ved at se en dokumentar: I hvor høj grad, den moderne medieproducent - og sikkert også forbruger - frygter stilheden. Du ved: Det der pinlige øjeblik, hvor du får ro til at gøre dig dine egne tanker.

Programmet var såmænd ikke værre end det meste, man ser, men jeg fandt det påfaldende, hvordan ikke ét sekund fik lov til at stå uledsaget hen. Interviews blev serveret komplet med ildevarslende droner eller regnvåd klavermusik, afbræk i flowet sovset ind i sentimentale strygere eller lystigt klimprende guitarer, og selvom instrumentalmusik i sig selv sjældent "siger" noget, er det alligevel tilfældet. Som: "Denne mand skal du ikke stole på" (dystre synthflader), "hende her skal du have ondt af" (violiner i mol) eller "dette drab er både bestialsk og på alle måder moralsk forkasteligt" (pauker, mareridtsagtige klangflader og skingre, forskruede blæsere).

Alt sammen fortæller det en, at producenterne er *meget* ivrige efter at få deres vinkel på stoffet igennem, og at de i øvrigt ikke opfatter forbrugerne som væsner, der er i stand til at tænke selv: At drage deres egne konklusioner ud fra det fremlagte.

Det sidste har jeg en mistanke om er rigtigt. De fleste *vil*, tror jeg, gerne røres og forarges, men helst ikke tænke: Det får man nemlig ondt i knoppen af. Nej, så hellere blive fulgt gennem den alt for komplicerede virkelighed af hænder, hvis noble intentioner man da ingen grund har til at betvivle, vel?

Rigtig mange mennesker foretrækker deres åndelige føde tygget på forhånd, om muligt endda fordøjet og kastet op, som var de fugleunger. I den forstand er underlægningsmusikken mundvandet, som får råvarerne til at ælte sammen, mavesyren, der gør massen lind og flydende.

Nu vil jeg ikke gå til yderligheder og kalde mig selv for et *voksent* menneske - jeg er bange for, at den slags slet ikke laves mere – men jeg er trods alt heller ikke så infantil, at jeg føler behov for at få mine facts og historier serveret på den måde. Nej, giv mig så vidt muligt – intro- og slutmusik samt akkompagnement til længere, billedbårne passager *er* tilladt i min verden – optagelserne råt for usødet, så jeg selv kan danne mig en mening. Også om den ledende og strategiske facon, de alligevel er blevet monteret på.

De fleste er bange for at blive overladt til deres egen tankevirksomhed.

Jeg afskyr ikke at få lov.

7/9 2022

Udødelighed er en mærkelig drøm.

Ikke desto mindre er den meget udbredt. I antikken var det optimale at opnå semi-gudestatus og leve for altid. Et af conquistadorerne vigtigste motiver for at dræbe, voldtage og hærge sig gennem Sydamerika var at finde ungdommens kilde, så de kunne slippe for det der entropiske hurlumhej. I dag lader man sig begrave i frostbokse og efterlader DNA for at snige sig udenom den naturlige udskiftning i biomassen. Egoet har til alle tider nægtet at se varigheden i øjnene.

Da jeg var yngre, lå jeg såmænd også under for forestillingen. Det hørte dog op, da det gradvist gik op for mig hvilken størrelse, livet er, og hvor mangelfuldt et menneske, jeg selv var.

Der er det ved livet, at det selv i de bedste stunder *slider*. Hvis ikke fysisk, så mentalt. Selv hvis man skulle opnå det, man selv ville betegne som "den perfekte tilværelse", ville man stadig være henvist til at overvære andres lidelse. Der ville fortsat være en nyhedsstrøm, der fodrede en med billeder af udhungrede børn, sønderlemmede soldater og brændende regnskove. Kun en voldsomt afstumpet person ville ønske sig en evighed med den slags på nethinden, og selv en sådan tror jeg til sidst ville blive træt. Få nok af menneskehedens almindelige kynisme og stupiditet, simpelthen. Få bare en lille smule lyst til at tjekke ud efter nogle århundreder med den samme skodfilm på repeat. For det er også det ved mennesket, at det ikke er perfekt. Vi siger og gør dumme eller i det mindste mindre gennemtænkte ting, og hver især er vi nødt til at leve med konsekvenserne. Med de folk, vi sårede så dybt, at de aldrig blev sig selv igen. Med det lort, vi lukkede ud i en letsindig stund, som blev hængende og endte med at farve alting. Med de tavsheder, der endte med at ødelægge en masse, de muligheder, vi forspildte, de nødråb, vi ikke hørte eller ligefrem ignorerede. Fik vi tildelt en evighed, ville det blive skammens og ærgrelsens. Vores tilværelser ville simpelthen blive tungere og tungere, indtil de var umulige at bære.

Dertil kommer det forhold, at livskvaliteten ikke er fornemmelig uden en effektiv kontrast. Uden ophøret ingen glæde ved nuet. Skulle vi ikke dø, ville selv den mest vidunderlige dag ende med bare at blive endnu en i rækken. Målestokken for lykke ville forsvinde, og alt ville ælte sammen til en indifferent, glædesløs masse.

Jeg siger ikke, at livet på jord pr. definition er en jammerdal. Det er en pose blandede bolsjer, vi får lov til at spise af for en tid, og det er efter min opfattelse godt sådan, for før eller siden bliver det alligevel nødvendigt at rense linsen, formattere harddisken, nulstille regnskabet. Alt andet vil kun resultere i endeløs pinsel.

Derfor: Skulle du engang finde ungdommens kilde i din baghave, så lad venligst være med at orientere mig om det.

Og vil du dig selv det bedste, så skynd dig at dække den til.

8/9 2022

Det ses meget tydeligt i disse dage, hvor temperaturerne på papiret stadig er høje, men det også blæser en halv pelikan, og der er gudsjammerligt koldt om morgenen.

Der er to slags mennesker.

Den ene konstaterer, at vilkårene grundlæggende har ændret sig, og har fundet såvel vinterjakken som de langærmede trøjer frem igen.

Den anden holder fast i at bruge t-shirts og shorts. Det *skal* fandeme være sommer endnu, og hvis det åndssvage vejr ikke kan fatte det, må det indrette sig efter *min* beklædning.

Hvem, der har ret, kan der sikkert tærskes meget filosofisk langhalm på, men der hersker næppe nogen tvivl om, hvem der kommer til at fylde i sygefraværsstatistikkerne.

10/9 2022

Jeg er ikke neurolog, men det forekommer mig, at hjernen er langt mere tilbøjelig til at huske de ting, der gik galt, og de episoder, man har grund til at fortryde, end de ukomplicerede og vægtløse, for ikke ligefrem at sige *lykkelige* stunder. Min er i hvert fald.

Måske handler det om at lære af sine fejl. Det ville give mening, hvis det var årsagen. Det er tænkeligt, at informationsbearbejdningsapparaturet på første sal simpelthen regner det, som lykkes og er harmonisk, for normaltilstanden: Optimal og derfor uinteressant. Fejlene, pinlighederne og de direkte traumatiserende hændelser, derimod, vender gang på gang tilbage i hukommelsen som om, de vil fortælle en noget.

Det vil de givetvis også. At man skal tænke sig om. At man skal lade være med at opføre sig som en idiot. At svinsk og nedrig opførsel ikke lønner sig: Det kan godt ske, at man klarer frisag i situationen, men den rolige nattesøvn skal man ikke regne med fremover.

Det er meget godt alt sammen - nødvendige lektioner, man kun kan blive et bedre menneske af - men den negative bias, de små grå åbenbart har, er nu heller ikke helt rationel. Det bedste, man kan gøre, når man ved, at man har skidt i nælderne, er at konstatere, at man begik en fejl, og ellers komme videre i teksten: Det virkede ikke, kammerat, men *the show must go on*. Det er ingen nytte til at afspille de værste episoder i sit liv på repeat: Det virker mere eroderende end opbyggeligt på personligheden, og ret beset *er* de positive episoder lige så væsentlige af lære af: *Hvad*, der lykkedes, og *hvordan*, det gjorde det, er bestemt ikke ligegyldig information.

Sådan fungerer det bare ikke i praksis. Ikke hos mig, i hvert fald. Og i perioder kan jeg knapt nok være i min egen krop for de negative historier, den bærer rundt på.

Sådan har jeg det for tiden. Føler mig som et røvhul, selvom jeg udmærket ved, at de dårlige ting, jeg har gjort gennem livet, mindst opvejes af de gode. Opfatter mig selv som en hjernedød klovn, selvom jeg dybest set godt ved, at rigtig mange folk end ikke fatter deres egen idioti, når de handler på måder, jeg har gjort. Endda bygger hele ideologier eller livsfilosofier op omkring den type adfærd.

Jeg er alt i alt ok. Ikke en engel, ikke en djævel, bare ok. Jeg ved det godt.

Uanset hvor ofte, jeg prøver at ringe for at overbringe beskeden, er der bare ikke nogen, der tager telefonen på øverste etage.

16/9 2022

At bo i gadeplan er interessant. I hvert fald på den måde, at man dermed bliver vidne til et af de mere specielle aspekter af den menneskelige adfærd.

Det er velsagtens den samme type logik, der er på spil, når man mener, at man har en naturlig ret til at gennemtrawle offentlige personers privatliv: Rode i deres skraldespande og knipse fotos hen over hækken. Når mørket begynder at falde på, begynder folk i hvert fald at rette blikket ind i ens private gemakker. En del tager hunden med som en dårlig undskyldning: Så kan de lige tage sig en kigger, mens Vaps alligevel er ved at pisse op ad stakittet. Der er dog forbavsende mange, som ikke engang skammer sig over det: Glor ind i stuen med åben mund og ikke rykker sig en tomme, hvis man stiller sig op og stirrer demonstrativt tilbage.

Der er tilsyneladende folk, som ønsker den type opmærksomhed. Det er vel derfor, at træningscentre oftere end ikke er forsynet med store glasvinduer, så de forbipasserende kan beundre alle de toptrænede, svedende kroppe i forbifarten. Så får dem, der *virkelig* har behov for at komme den slags steder – og måske er knapt så stolte over at flashe deres delvist afklædte legemer – samtidig et vink med en vognstang om at holde sig væk.

I Helsingør har man også i de senere år opført en række lejligheder i havneområdet, hvor man kan se *alt*, når man går forbi. Både den ægte Mondrian og bettefar, der piller næse på sofaen.

De er tilsyneladende meget populære. I hvert fald alt andet end billige.

Jeg er såre lidt exhibitionistisk anlagt.

Flere gange har jeg haft lyst til at placere en seddel i vinduet, hvor der står "hvad fanden glor du på?" Jeg frygter dog, at et sådant tiltag kun vil forstærke effekten.

Tanken har også strejfet mig at hænge læderkors eller nazibannere op på væggen for virkelig at give idioterne noget at måbe over. Få en fest ud af fænomenet.

I sidste ende vinder fornuften dog altid. Når mørket sænker sig, ryger gardinerne ned.

Så kan folk glo lidt på *dem*.

19/9 2022

Afviklingen af haven er igang. Ærterne kan ikke mere, og de første tørre stængler er allerede landet på kompostbunken. Kartoflerne visner ned og skal op af jorden. Ingefær- og gurkemejeplanterne er rykket indenfor, fordi de øjensynligt ikke længere trives i kulden. Inden længe er der blomsterløg, som skal op, og vækster i potter, der skal sættes ned i jorden for at overvintre.

Så er der insekterne. Endnu kan man støde på døsige natsværnere og gamle, grå humlebier, som søger nektar i de få tilbageværende blomster. Er man heldig, kan man også stadig spotte en kålsommerfugl, men om lidt er de væk, og kun æg eller kulderesistente dronninger vil restere under først nedfaldsbladene, så sneen.

Min følelse, når jeg går der derude nu, er af taknemmelighed. En dyb, dyb taknemmelighed for, at hver og en af disse væsener stadig er der, selvom det er på lånt tid. Mere end nogensinde er jeg opmærksom på, hvor fantastiske de er. Hvor meget værdi deres nærvær føjer til min tilværelse.

For om lidt vil jeg næsten være alene, når jeg bevæger mig derom. Der vil stadig være små og store fugle, ligesom det kan ske, at ræven eller vildkattene kigger forbi, men bortset fra de allermest robuste organismer vil tomheden råde, og man ved aldrig med 100 procents sikkerhed, om man kommer til at se de skabninger igen. Jeg formoder det. Jeg har trods alt klaret mig igennem ganske mange vintre: Det er nærmest ved at blive en dårlig vane. Men i en verden, hvor man leger nytårsfest klos op ad Europas største atomkraftværk, og det bliver sværere og sværere at gisne om, hvad der sker i andre folks hoveder, er det svært at lægge fornemmelsen af, at alt lige pludselig kan komme ud af kontrol, fra sig. Tiderne er ikke raske og regelmæssige mere.

Man kan gøre som politikerne: Tro på, at tingene nok skal blive ved med nogenlunde at være, som de plejer, og fortsætte med at diskutere first world problems, selvom alarmerne vræler løs. Det kedelige faktum er bare, at tråden kan knække hvornår, det skal være. Fra dag til dag kan gaderne eksplodere i optøjer, landskabet være giftigt eller paddehatteskyerne brede sig ud over himlen.

Jeg føler mig langt fra sikker på, at jeg vil være der til at se følfoden blomstre og spurvene lede efter redepladser næste gang, hvis der i det hele taget *bliver* en. Ergo sørger jeg for at sige ordentligt farvel til tingene for en sikkerheds skyld.

Men man *har* lov til at håbe, naturligvis. På det bedste.

20/9 2022

Det er nok en af de måder, jeg ikke kan løbe fra min årgang på: Min sensibilitet er i bund og grund industriel.

Min barndom var fyldt med fabrikker og værksteder, hvor effektiviteten blev sat over skønheden, hvorved den absurd nok udviklede sin egen æstetik. Min far arbejdede som smed, og når min mor og jeg hentede ham ved fyraften, kom vi til en småsnusket maskinhal, hvor oliemættet twist, tomme ølflasker og løse metalstykker var en naturlig del af interiøret. I Lillekøbenhavn uden for Hårup, hvor jeg ofte blev passet i dagtimerne, vandrede jeg rundt i et eventyrland af mudder, ragelse, skurvogne og rustende maskiner, som havde taget turen hele vejen fra brunkulslejerne i Søby. Når jeg siger eventyrland, mener jeg det: Det var de omgivelser, min fantasi befolkede med trolde såvel som engle.

På den måde opstod der meget tidligt en kobling mellem det praktiske, men grimme, og det sublime. Jeg lærte at elske det serielle, grove og beskidte. At finde musen på skrotpladsen og høre Guds stemme i et tungt maskineri, der gik hvinende og tøvende igang.

At jeg som ung genfandt den samme følelse i genrer som punk og industrial, siger nærmest sig selv. At jeg i dag fylder mine digte med hensmidte plasticposer, havarerede biler og folk, som både pisser og kaster op, finder jeg lige så indlysende. Jeg er simpelthen ikke i stand til at optage skønhed, der ikke er plettet, anløben, ramponeret. Mine øjne og ører finder den ikke blot utroværdig, men direkte uspiselig.

Der kan jeg tydeligt mærke en forskel i forhold til de årgange, der er vokset op med digitaliseringen. Som har vænnet sig til den type perfektion, man kun møder i computerens kredsløb, der aldrig ruster eller hviner, men spytter glatte flader og fejlfri gentagelser ud. Denne hyperrealisme fra Silicon Valley, der for hvert år, som går, løsriver sig mere og mere fra den konkrete, følbare virkelighed og erstatter den med en simuleret, hvor intet sidder forkert, alt er under algoritmernes fulde kontrol.

De kan hævde, at den digitale æstetik kommer det guddommelige nærmere end nogen sinde før. Det er rigtigt for så vidt, at man netop kan eliminere alt, der ikke er optimalt. Ingen sved eller umotiverede metalstykker i dét univers. Er man den type, kan man endda kreere en superversion af sig selv til Tinder-profilen, hvor de modermærker eller skævheder i ansigtssymmetrien, der - vil jeg hævde - giver folk charme og fascinationskraft, er retoucheret bort.

Men for mig er de overflader for glatte. Jeg kan ikke stå fast. Ikke finde noget at gribe fat i. Det er billeder uden kontrast, kød uden blod, et rum uden plads til biologiske processer.

Kald mig bare antikveret. Det *er* jeg jo. Rusten som skrotmetal, tung som en gravko, plettet med spildolie og ølsjatter fra et efterhånden langt og i den grad levet liv.

Men jeg har alligevel en fornemmelse af, at fejlen – menneskets såvel som maskinens – står til at få et comeback i de kommende år.

24/9 2022

Det slår mig gang på gang, hvor fattig den menneskelige fantasi er.

Når man i ældre tid skulle forestille sig, hvordan væsener på kanten af vores fatteevne så ud, tog man en halv mand og stykkede ham sammen med en halv hest. Også i nyere tid ses denne tendens. Den såkaldte Loveland Frog, der siden 1955 er blevet spottet i Ohio, er en del frø, en del menneske. Og skal det virkelig være eksotisk, går man på Naturhistorisk Museum for bagefter at fabrikere historier om, at man har set en brontosaurus eller en pterodaktyl i sin baghave.

Selvfølgelig *kan* det være dumt kategorisk at afvise den slags beretninger. Da man opdagede næbdyret, var videnskaben længe om at anerkende skabningens eksistens netop fordi den lignede en odder, som var syet sammen med en gråand. En slags moderne kentaur. Så var der den blå fisk: Et fossil, der i allerhøjeste grad viste sig at være levende endnu.

Men generelt: Lyder beskrivelsen af sådanne kryptider som noget, nogen kunne have fundet på, er det sikkert også tilfældet. De i sandhed ufattelige eksistensformer på vores planet – som svampene, der hverken er dyr eller planter, de svovlelskende bakterier, som trives ved undersøiske vulkaner, eller slimdyrene, der mindre er flercellede organismer end kolonier af bakterier og vira - ligner ikke noget, en fantast kunne have fundet på. De har fundet nicher i fødekæden, ingen andre væsener kunne stilles ved, og udviklet deres biologi derefter. Af samme årsag tror jeg ikke på rumvæsener. Det vil sige: Jo, det gør jeg for så vidt. Universet er ufatteligt stort, og det skulle være mærkeligt, hvis vi var alene i det. Men de rapporter, der gennem årtierne er løbet ind fra ufologerne, er ærligt talt ikke tillidsvækkende. Hvorfor skulle skabninger, der var opstået under meget anderledes forhold, ligne os, bare med katte- eller reptilagtige træk? Hvorfor skulle de bevæge sig rundt i noget, der dybest set er mærkelige flyvemaskiner?

De bedste bud, jeg fortsat har set på væsener fra det ydre rum, er nok The Blob - den krybende, altædende klat fra 1958-filmen af samme navn. Den eller H.R. Gigers Alien. I begge tilfælde har der været fantasi nok på spil til at udtænke organismer, som virkelig synes fremmedartede. Og dog, for man aner stadigvæk henholdsvis slimdyrene og insekterne som forbilleder.

Sandheden er, at livet i det ydre rum kan antage former, vi slet ikke kan forestille os, og sandsynligvis også vil gøre det. Det kan trives på baggrund af helt andre stoffer end ilt, vand og kulforbindelser. Det er ikke en selvfølge, at sådanne eksistensformer vil være bundet op på DNA eller for den sags skyld RNA. De vil ikke nødvendigvis have øjne, lemmer eller hjerner, man kan identificere: Planter klarer sig f.eks. glimrende uden og er dog i stand til at reagere på omgivelserne, endda kommunikere gennem kemiske forbindelser. Skal man rejse mellem stjernerne, kan skrotbunker på warp speed endda meget vel vise sig at være en uhyre langsom og risikabel måde at gøre det på.

Alligevel hænger vi fast i forestillingen om, at det for alvor fremmedartede må minde lidt om os. Giver nisserne, som ingen alligevel tror på længere, et skvæt grøn eller grå farve for efterfølgende at placere dem i flyvende underkopper.

Så igen: Når vi afbilder Gud eller hvad man nu ellers vil kalde en skabende entitet, der pr. definition bevæger sig rundt hinsides begreber som tid, rum og form, kommer vi som oftest heller ikke længere end til noget med en gammel, skægget mand på en sky, og selve konceptet lider under det: Bliver for oplagt at misbruge og latterliggøre. En ufrivillig karikatur.

Vi lider under den svaghed som art, at vi på en gang elsker det ufattelige og er ude af stand til at begrebsliggøre det. Vi ved, at vores erkendelsesevne har grænser, hvilket desværre ikke forhindrer os i at overskride den gang på gang og trække et slimspor af amatørisme, for ikke rent ud sagt at sige *banalitet*, efter os.

Vi bør lade være med at forestille os så meget. Det er virkelig ikke vores force.

Det uerkendelige skal nok alligevel blive erkendeligt hen ad vejen. Hvis det er planen. Hvis vi når, det sker, har øjne at se med.

29/9 2022

Jeg var 12 år gammel. Vi var på Bornholm med klassen og havde installeret os på et vandrerhjem i Allinge.

I det store og hele gik dagene med udflugter. Vi var hele raden rundt: Hammershus, Ekkodalen, Rokkestenen, Dueodde, Jons Kapel, røgeriet i Gudhjem, Christiansø: *You name it, we did it*. I ledige stunder tog vi ned på en grillbar i nærheden for at spille arkadespil og hælde fritter i os. Det føltes af en eller anden årsag sejt og voksent at gøre den slags, selvom meget få af os havde fået hår på noget som helst endnu.

Så alligevel var der en dag, hvor jeg fandt mig selv alene på en gynge omme bag vandrerhjemmet. Jeg tror, at de andre havde fået en ide, jeg ikke rigtigt var med på. Måske var de allerede igang med at lege ånden i glasset. Det gjorde store dele af klassen på den tid, og en del endte med bitterligt at fortryde det, ved jeg. Det forsvæver mig i hvert fald, at aktiviteten på en eller anden måde involverede mørke og tunge gardiner.

Nå, men der sad jeg så og underholdt mig selv, da der til min store overraskelse viste sig en lokal mand. En solid, skægget håndværker- eller fiskertype, der mig bekendt intet havde med driften af stedet at gøre.

Han spurgte, om vi skulle vippe, og i min kedsomhed sagde jeg ja. Der sad vi så på hvert vores sæde, mens det gik op og ned, op og ned, op og ned.

Med største iver forsøgte han at få en samtale igang, hvilket snart sagt viste sig at være umuligt, eftersom han snakkede med tyk dialekt. Det eneste, jeg fik fat i, var, at han spurgte til min alder og hvor, jeg kom fra. Han snakkede også om at give en ispind et sted. Han var lige så uventet venlig, som han var uforståelig.

Efter et stykke tid fik jeg nok af situationen. Steg af vippen og undskyldte mig med, at jeg nok hellere måtte se, hvad de andre lavede. Han sendte mig et mærkeligt blik, sagde noget på kaudervælsk og forsvandt ud på den gade, han var kommet fra. Jeg blev bange for at have såret ham. Det var sådan set ikke meningen. Det havde bare været en anelse for kejtet, det hele.

Indenfor satte jeg mig i spisesalen og ventede på, at de andre viste sig. Det gjorde de da også til sidst, hviskende hemmelighedsfuldt med hinanden.

Uanset hvad de havde fanget i glasset eller ikke, tænker jeg dog, at det var mig, som havde mødt den værste dæmon.

18/10 2022

Der er kommet en ny fugl i haven. Det er en skovskade. Husskadens farverige fætter.

I betragtning af, at de andre kragefugle på matriklen – og foruden masser af husskader kigger der også gråkrager, alliker og råger forbi – tilsyneladende kan finde ud af at samarbejde på tværs af arterne, skulle man tro, at den var velkommen. Men nej: Ingen skræpper op for signalere, at der er lagt mad ud, eller advare den om, at ræven er på færde. I stedet skal den ikke baske ret meget med vingerne, før særligt de andre skader er over den. Den er ikke en sort fugl, og sorte fugle holder sammen.

Jeg synes, den er flot – og i øvrigt beundringsværdig. Ethvert væsen, som hænger på trods så massiv modgang, har fortjent min respekt.

Kan den ikke være i fred andre steder, må den må gerne bo på min skulder.

26/10 2022

Naboerne har fået flagstang.

Jeg er ikke typen, der går til dem, som bor klos op ad mig, med millimetermål. Hvad rager det mig, om skellet er trukket en anelse forkert, eller om folk har lyst til at spille The Shadows hele natten for fuldt drøn, som det skete for et par år siden. Så kan de få en omgang hardcore smadder tilbage ved lejlighed.

Jeg kunne ikke bekymre mig mindre om, hvorvidt de maler rønnen neongrøn, plastrer forhaven til med Buddha-figurer – her på matriklen også kendt som "havenisser" – eller bygger dagligstuen om til et torturkammer. Det er et frit land, og alle har sine excentriciteter. Guderne skal vide, at vi har vores, i hvert fald.

Men en *flagstang*?

Det er alligevel for perverst.

3/11 2022

En forfatterkollega skrev i går, at han nøje holdt regnskab med hvem, der havde været med eller mod ham under coronaen, og havde tænkt sig at behandle folk derefter.

Jeg forstår ham godt. Den tid bragte det værste frem i folk, og særligt hvis ens holdninger ikke var mainstream, var det forbavsende hurtigt, at mange var villige til at fratage en samtlige rettigheder. Med et var man ikke længere et menneske, men inkarnationen af et synspunkt, der måtte uskadeliggøres.

Selv klarede jeg mig nogenlunde gennem perioden, selvom den også for mig var hæslig: Ensom og frustrerende, fordi jeg ikke kunne holde ud at se på, hvordan folk farede i flæsket på hinanden, og hvordan de lidt for nemt gav efter for såvel totalitære tiltag som paranoide forestillinger. Selvom jeg fægtede til alle sider på én gang, undgik jeg deciderede shitstorms. Spørg mig ikke om hvordan, men måske var det fordi jeg dybest set insisterede på at se mennesker af kød og blod frem for "får" eller "sølvpapirshatte". Så meget sagt har verden ikke været den samme siden. Undervejs blev min tillid til stort set alle nulstillet, fordi jeg ikke kunne kende dem igen. Det tynde lag fernis, man kalder for "civilisation", skrællede af, og jeg brød mig i vidt omfang ikke om, hvad jeg så nedenunder.

Jeg har været varsom med at åbne mig for nogen i den efterfølgende tid, for jeg føler mig stadig ikke sikker på, hvad ret mange mennesker rummer på bunden. Hvem, der principielt er villig til at sende en kugle i nakken på mig, bare fordi folkestemningen eller teorien har fået tilstrækkeligt fat i vedkommende.

Spørgsmålet vil altid lure: "Hvad og hvor meget skal der til, før du kaster din medmenneskelighed overbord?" Coronaen lærte mig, at svaret for de flestes vedkommende er "ikke ret meget".

Situationen var flygtig, men jeg er ræd for, at skaden er varig.

10/11 2022

Jeg kan huske, da jeg fik sprog. Eller sådan da. I hvert fald dengang jeg først forsøgte at fremsætte mere komplekse udsagn end "mor", "far" og "mad".

Det var en syret fase, hvor tanken havde overhalet motorikken. Mit hoved var fyldt med store og vigtige udsagn, men når jeg forsøgte at fremsætte dem, kiggede mor bare kærligt på mig og lavede babylyde tilbage. Ærligt talt følte jeg, at hun tog pis på mig, hvilket næppe var tilfældet. De gradiose statements *kom* højst sandsynligt ud af munden på mig som vrøvl.

Jeg kan ikke huske, hvad det var, der lå mig så meget på sinde. Sikkert bare, at jeg havde pisset i bleen og sådan set ikke ville have noget imod, at den blev skiftet. Men jeg husker meget tydeligt den ydmygelse, der lå i den manglede forståelse: Den måde, jeg blev skubbet tilbage til babystadiet på.

Det blev heldigvis bedre. Jeg fik styr på mine klusiver, frikativer og labialer. Ordene begyndte at strømme klare og utvetydige ud af gabet på mig. I den rigtige rækkefølge, endda. Det føltes som en evighed, men der gik sikkert ikke længe, inden mor forstod det hele.

I virkeligheden var det en gigantisk triumf. Som jeg husker det, tog jeg det bare for givet. Endelig var tingene, som de hele tiden burde have været.

Dernæst begyndte kampen med at få resten af verden til at forstå, hvad jeg sagde.

Den slutter vist aldrig.

13/11 2022

Siden jeg som teenager opdagede det, har jeg identificeret mig dybt med tarotkort nr. 0: Narren. Denne eventyrer, der vandrer i højt sollys med rank ryg og et minimum af bagage, men også er på vej ud over afgrunden, hvis nærhed en lille,

hvid hund – hans konventionelle selv? – sikkert
forgæves forsøger at advare ham om.

En skikkelse, hvis blotte vilje til at opleve
og omfavne det ukendte *måske* kan forvandle luft
til noget, man kan gå på, hvis fødder *måske*
trækker virkeligheden efter sig i stedet for at
dumpe ned i dybet.

Skulle jeg selv udforme et kortsæt, kunne
jeg godt finde på at afbilde Narren som Grimm E.
Ulv, der som bekendt hele tiden lokkes ud over
afgrundens rand af Hjulben, hvilket ikke er noget
problem, for så vidt, indtil han kommer til at kigge
ned. *Så* er det, man ser den lille støvsky i bunden
af kløften.

At være Nar kræver enten en blind tro på,
at det luftige kan bære – vil bøje sig efter ens vilje
– eller en dumhed af dimensioner, der trodser alle
kendte, fysiske love.

I mit kunstneriske – men såmænd også
almindeligt menneskelige – virke har jeg ofte
gjort mig skyldig i begge dele. Det er derfor, jeg
får det, jeg gør, fra hånden: Fordi det for mig er

rutine at bevæge mig ud i det ukendte og lære at gå undervejs.

Men det er også derfor, min biografi er fyldt med større eller mindre katastrofer. Ind imellem kunne jeg bare ikke lade være med at kigge ned og indse det vanvittige i mine forehavender. *Touchdown*! Skide køter.

Alt i alt har rejsen dog været både vanviddet og nedturene værd.

Man *er* jo også kun en Nar. Kort nummer 0.

14/11 2022

Jeg er et tema.

Jeg er ikke en genstand, jeg kan opdage en dag, når jeg pakker en glemt kasse ud eller leder inderst på en hylde.

Jeg er en standard, der ændrer karakter efter tid, sted og sammenhæng. "As Time Goes By", måske, men håndteret af skiftevis Louis Armstrong, Sun Ra og James Chance.

Jazz, for helvede. Ikke støvet partiturmusik.

Jeg *har* forlængst opgivet det der pjat med at finde mig selv.

Men ikke at være det.

15/11 2022

Det er vel fire år siden.

Min bedre halvdel havde stadigvæk sommerhus i Rågeleje, og trofast læser af mangen et boligmagasin, som hun var og er, blev hun nysgerrig, da en indretningsarkitekt i den fremstormende ende af skalaen satte sin nærliggende residens til salg for et ganske højt beløb.

Skæbnen ville, at vi en dag ikke havde noget bedre at tage os til, så vi bookede en fremvisning. Bare fordi. Det blev til en ganske interessant rundtur.

Lad det ligge, at der ikke var ryddet ret meget på grunden. Arkitekten samt gemalen, der var kok, havde truffet det bevidste valg at lade matriklen udvikle sig til et organiseret vildnis, hvor man kunne finde hemmelige huler med aktivitetsmuligheder rundt omkring. Det får også være, at det første, man så, når man kom ind, var et toilet uden mulighed for at lukke af, når den foregående aftens frokost skulle returneres til evigheden. De var ikke blufærdige mennesker. Fair nok.

Kunne man abstrahere fra de ting, var huset nemlig fyldt med lækre detaljer og arrangementer. Alt i hyggehjørnet var håndplukket og udtrykte hendes stil, køkkenet var nyindrettet og havde alle de funktioner, en moderne madkunstner kunne ønske sig. Det var mennesker med en vision, man havde med at gøre: Ingen tvivl om det.

Der var bare det med *taget*. Set udefra havde det fået et bekymrende knæk på midten, og flere af pladerne virkede løse. Det var ikke uden en vis bekymring for at få hele baduljen i hovedet, at vi havde bevæget os ind i bygningen.

Forklaringen meldte sig i køkken-alrummet. De kære æsteter havde fjernet et bærende element for at lave et sådant. Grebet saven og lavet en nydelig bue, hvor der før havde været en solid og vigtig, men utvivlsomt grim og forstyrrende skillevæg. I loftet hang der stadig trærester og dinglede faretruende, men "dem kan man da bare samle ordentligt igen", som mægleren udtrykte det, da vi spurgte. Hun så træt ud.

Det kom ikke til en overtagelse ved den lejlighed, og der var noget, jeg gerne ville sige med den historie. Jeg kan ikke komme på det, men det *var* der altså.

Om kunst, almindelig omtanke og den slags kedelige ting.

23/11 2022

"Et juletræ er jo et traditionsprodukt. Det handler om den kristne tro", udtaler gårdejer Gudmund

Hansen, Bøjden, til TV 2 efter at have afleveret en i øvrigt tilfredsstillende forklaring på, hvorfor prisen på hans rødgraner er steget i år.

Jeg har tygget mig igennem begge testamenter og et rigt udvalg af apokryfer, men jeg er endnu ikke stødt på den passage, hvor Jesus befaler disciplene at gå ud i de vældige plantager udenfor Jerusalem og fælde en gran, som skal slæbes til huse og behænges med flitterstads, hvorefter de skal drikke sig sanseløse i portvin og afsynge salmer til hans ære i allehånde vederstyggelige tonelejer.

Jeg afviser ikke kategorisk, at der kan befinde sig et krøllet manuskript på oldgræsk et sted i det sydfynske, som kan kaste et tilfredsstillende lys over den esoteriske sammenhæng mellem Ordet og den systematiserede dyrkning af diminutive nåletræer.

Min første tanke er dog hvor mange såkaldt troende, der aldrig har åbnet en Bibel.

25/11 2022

Der, hvor jeg kommer fra, skulle alt kunne *bruges* til noget. Nyttefilosofien gennemsyrede hele tilværelsen, og det var underordnet, om det var genstande eller mennesker, man snakkede om. Kunstgødning og sprøjtemidler *kunne* noget. Godkendt. Det eneste, en Soda Stream-maskine formåede, var at putte alt for meget kulsyre i sodavanden, som alligevel endte med at smage mærkeligt. Dumpet.

Kunne man noget med hænderne, var man automatisk inde i varmen. Akademikere, kunstnere og den slags luftige væsener vidste man ikke rigtigt, hvad man skulle stille op med. De hørte da til på den anden side af byskiltet, gjorde de ikke?

Af selvsamme grund kunne jeg ikke hurtigt nok finde "en konstruktiv måde at spilde et nyttigt og produktivt liv på", som jeg har udtrykt det et sted. Fandeme, om jeg ville bruge min eneste, hellige eksistens på at være *anvendelig*. Jeg ville

være blomstervasen i traktoren, pingvinen ved
hestetruget, paraplyen på operationsbordet.
Inkarneret ubrugelighed. Og jeg blev det.

Alligevel sidder den dybt i mig selv,
snusfornuften. Særligt i en tid som denne, hvor
man bliver beskudt af kulørt bullshit fra alle sider.
"Jamen hvad *kan* den der pissesmarte app?
Hvorfor bruge autotune, hvis man rent faktisk
evner at synge? Hvad *vil* du med det der digt ud
over at spille kunstnersmart, makker?"

Som livsfilosofi er den rædselsfuld. Rigtigt
anvendt fejler den til gengæld intet som filter.

26/11 2022

Da avantgarderock-orkestret Slapp Happy, som
ellers mest hørte halvfjerdserne til, for nogle år
siden var samlet igen for at spille en kortere
koncertrække, udtalte guitaristen Peter Blegvad,
at hvis de tre medlemmer, som nu alle stærkt
nærmede sig pensionsalderen, nogensinde

udsendte et nyt album, skulle det hedde *Pissing Blood into the Fountain of Youth*.

Fantastisk titel. Den står fortsat ubenyttet hen.

Overvejer at skrive til Blegvad for at høre, om jeg må bruge den.

12/12 2022

Siden jeg var teenager, har punken været min ledestjerne. Ikke i den tegneserieudgave, alle kender, hvor det handler om hanekamme, læderjakker og hurtig, voldsom musik, der tonser derudaf over tre akkorder: Den lader jeg store børn, der er sure på deres forældre, om. Men *ånden* har jeg altid orienteret mig efter, om jeg så har lavet journalistik, poesi eller elektronisk musik.

Nu er jeg ikke længere sikker på, at den er et sundt pejlemærke. Sidst, jeg spottede punkånden, løb den rundt på Capitol Hill med bøffelhat på, i færd med at forsvare et ufatteligt konservativt, nærmest fascistoidt tankesæt.

Enten det, eller også stod den i en veganerbod, hvor den var i fuld gang med at outshame rygere, ølelskere, hvide, midaldrende, ciskønnede mænd eller hvem, den ellers betragtede som fjender af verdensrevolutionen, så end ikke sømandstusserne og piercingerne kunne skjule i hvor høj grad, den var kommet til at lyde som sine allermest fordømmende, livsangste oldeforældre.

Med andre ord: Punkånden er ved at æde sig selv, og jeg sætter mig ikke til bords.

Den originale vision fra 1976 er fortsat mit udgangspunkt: Trampolinen, der sendte mig ud på eventyr.

Jeg tror stadig på at gøre det selv. På støjen, grimheden og dissonansen. På forkastelsen af enhver kunstnerisk konvention så snart, den har materialiseret sig, og amatørismens evne til at åbne døre, den glatte professionalisme end ikke ved, hvor befinder sig. Jeg står ved vreden og energien. Hylder springet, skriget og råbet. Giver stadig fingeren til et samfund, der kører så meget i stupid tomgang, at det end ikke fatter hvor hurtigt, det er på vej ud over afgrunden, og omfavner fortsat anarkismen som en personlig, om end ikke nødvendigvis politisk filosofi. De ting har jeg med mig i alt, jeg foretager mig, og det bliver næppe anderledes fremover.

Men jeg har indset, at der ikke længere findes en udgave af miljøet, som er værd at pejle efter. Det er mig selv, som skal udstikke kursen, og jo mindre jeg vender mig om for at se, hvad andre har gang i, jo bedre vil det gå, er jeg overbevist om.

Før eller siden *må* man jo også blive til sin egen bevægelse.

20/12 2022

Jeg skal aldrig glemme ham for det, Mogens Pahuus. Eksistensfilosoffen, der vel er mest kendt for sine arbejder omkring K.E. Løgstrup, men også har skrevet i dybden om både I.P. Jacobsen og Karen Blixen, og ikke mindst havde den udsøgte fornøjelse af at være min underviser over en enkelt kursusrække på Aalborg Universitet engang midt i 1990'erne.

Forelæsningerne på studiet foregik mere eller mindre altid på den måde, at underviseren kom ind et kvarter forsinket, gennemgik dagens tekster i detaljer og sluttede med at fremlægge sine egne refleksioner over dem. Naturligvis var der altid en spørge- og diskussionsrunde til sidst, men mest for et syns skyld. Ingen skulle nyde noget af at dumme sig i plenum ved at sige et eller andet, der måske viste sig ikke at være tilstrækkeligt fagligt underbygget, og under alle omstændigheder havde de fleste alligevel tømmermænd eller værre abstinenser.

Med Pahuus var det anderledes. Han var i den grad krævende. F.eks. forlangte han før en forelæsning, at alle havde læst samtlige fire bind af Martin Andersen Nexøs *Pelle Erobreren*. I alt over 1000 sider. Men det, som især faldt folk for brystet, var, at han som det første, da det kom til fremlæggelsen, satte sig ned på katederet, lagde bøgerne fra sig - dem *havde* vi jo læst, så hvorfor bruge tid på at gennemgå dem? - og spurgte om, hvad *vi* tænkte!

Da nogen endelig - efter lang tids øredøvende tavshed - åbnede munden, var det for at kritisere hans tilgang til det at forelæse. Nu var vi jo kommet for at få noget at *vide*, ikke sidde og komme med halvtyggede betragtninger. Hvor *vovede* han egentlig?

Pahuus' svar var enkelt: Han havde set sådan frem til, at vi skulle blive klogere sammen. Få en konstruktiv dialog, hvor vi lærte af det, han havde at sige, samtidig med, at vi med det, vi havde at komme med, gav ham nye ting at tænke over.

Sådan blev det aldrig. Efter et par gange faldt han så vidt, jeg husker, tilbage i den rutine, vi kendte. Bare for at undgå pinligheder. De to-tre timer, som var sat af til seancen, skulle trods alt fyldes ud med *noget*, og hvis *vi* ikke bød ind...

Forløbet var i mine øjne tragisk, for vist krævede han meget, men indstillingen var også ufatteligt gavmild. I stedet for at reproducere ønskede han at *generere* viden, og som udgangspunkt respekterede han os nok til at starte en fri, faglig debat, hvor det – har jeg indtryk af – også var i orden at dumme sig. I stedet for at tage blindt imod, ønskede han kort sagt, at vi som studerende skulle tænke og turde selv. En stor gave at give videre som forelæser.

Vi var bare ikke parate til at tage imod den. Faktisk smed vi den fra os som om, der var sprængstof eller pulver indeni. Det kunne vi så tænke lidt over, hvis vi turde. Jeg gjorde det en del.

Alle fortjener at møde en Pahuus. Bare én. Hvis modellen da ellers produceres længere.

21/12 2022

Årets korteste dag, siger du?

For mig at se, er de alle sammen korte.

De passer os som sweatere, der er krøbet i vask.

29/12 2022

Underligt vægtløse døgn, som ingen rigtigt vil kendes ved. Måske fordi de ikke tilhører nogen.

Mentalt set er 2022 et overstået kapitel, og 2023 er ikke begyndt endnu. Den korte arbejdsuge mellem jul og nytår handler udelukkende om at holde skansen – hverken om at afslutte eller tage hul på noget nyt. Det mærkes. Hænderne er løse, øjnene fjerne, samtalerne henkastede.

Man er genfærd.

Først på den anden side af stregen er det muligt for mennesker at findes igen.

6/1 2023

5 år: "Mor siger..."

25 år: "Adorno siger..."

45 år: "Jeg siger..."

75 år: "Lægen siger..."

18/1 2023

Nu, hvor jeg tænker over det, er hamsterhjulet et pissedårligt billede.

Det er en genstand, den type gnavere bruger, når de skal brænde overskudsenergi af. Vidste man ikke bedre, hvilket man naturligvis gør som et rationelt menneske, der går ud fra, at andre skabninger er dumme som snot, indtil andet er bevist med elektroder, skalpeller og tests i alle ender, kunne man endda forledes til at tro, at der er et element af *leg* i det.

Den til stadighed tungere cyklus af pligter og rutiner, der styrer ikke blot min, men sikkert de fleste andre moderne menneskers tilværelser, har ikke noget med overskud eller leg at gøre. Kværnen er en langt bedre metafor.

Knoglekværnen, der maler og maler, indtil der kun er pulver tilbage. Stenen, som rasper hen over alt, der minder om drømme, håb og selvstændig tænkning, indtil man har lært det.

At man absolut ingenting er.

19/1 2023

5:30, Bispebjerg Station. Jeg er lige stået af bussen, da jeg bemærker, at den ruller videre i et yderst lavt tempo, ivrigt dyttende. Lyskeglerne rammer en ung kvinde, der går midt ude på vejen og lader som ingenting. Trækker kraven ekstra godt op om ørerne: Det er alt.

Er det selvmord, hun ønsker at begå, er det verdens værste forsøg. Hun er synlig for alle, og selvom folk her i byen kører på alt fra snitter til lattergas, er det dog de færreste, der anvender speederen i den type situationer.

Så hvad er det, hun vil? Mærke, at hun er i live? Tvinge verden ned i sit tempo?

Føle, at hun gør bare en eller anden slags forskel?

26/1 2023

Jeg bliver aldrig københavner.

Det gør ikke så meget. Det er der vel ingen, som er, når det kommer til stykket.

Måske har byen engang været et lokalsamfund. Dengang, hvor den bestod af nogle rønner, hvis potentiale ingen endnu havde fået øje på. Før Absalon. Før Hanseforbundet og venderkrigene. Før købmændene i navnet kom til, og flækken slet og ret var kendt som Havn.

Så snart de ting var sket, begyndte staden imidlertid at køre sit eget løb uden videre hensyn til, hvem der hørte til eller ej. Den blev et sted, trækfuglene kunne slå sig ned. Nogle byggede rede, men blev konstant bombarderet af nye, ofte fremmedartede ansigter. Ikke nok med, at der løbende kom nyt blod til fra Fyn, øerne og Jylland: Skåningerne væltede ind, da landsdelen var blevet tabt til Sverige, og nordmændene brugte i vidt omfang byen som base i rigsfællesskabets tid. Der ankom tyske købmænd ad flere omgange, senest i 1700-tallet, ligesom man heller ikke bør overse markante indspark østfra: Særligt russere og polakker. I 1960'erne kom tyrkerne, som vel var den sidste rigtigt distinkte gruppe, til. I dag bliver der lige så ofte talt engelsk som dansk i København, og med god grund: Det er verden, som bor der.

En af grundene til, at jeg selv tog springet herover, var, at et eller andet i mig aldrig for alvor var jysk. Selvom familien havde boet vestpå i over 70 år, kom noget i min optik og sensibilitet et andet sted fra, og jeg vidste hvor. Måske var det på tide at se, om den brik kunne falde på plads.

Det gjorde den, og så alligevel ikke. For de af mine aner, som havde boet her, var selv på træk. Købmandsfamilien Knudsen, der holdt til på Øresundsvej i Sundby, var lolliker, og Grejsen-klanen fra Valby, som havde med søfart og jernbanedrift at gøre, var af gammel, hollandsk æt fra Dragør og Store Magleby. Jeg har ofte følt mig hjemme, når jeg har været til tøndeslagning syd for Lufthavnen – der er noget i mentaliteten og sprogbrugen på de kanter, som virkelig flugter – men *aldrig* i København selv. Det gør man bare ikke. Det er et grundvilkår, med mindre man opbygger en eller anden falsk form for identitet omkring det. Lægger sig et sprog eller en adfærd til, som man associerer med "noget københarvnsk", men egentlig ikke repræsenterer selve byen, der er og bliver ansigtsløs.

I min hverdag er jeg omgivet af briter, tibetanere, dansk-tyrkere, franskmænd, somaliere, bosniere, svenskere, bornholmere og medjyder i ét væk. De bor på det areal, man omtaler som "Hovedstadsområdet", men definerer til syvende og sidst sig selv som noget andet. Og det, de er her for, er mindre at høre til, end det er at befinde sig i *muligheden*.. Være der, hvor tingene er i flux, pengene ruller og om ikke alt, så i hvert fald meget kan ske.

Ergo er de her på samme vilkår som mig, der dels søgte efter et sted, som kunne rumme *mig*, dels havde brug for nogle ordentlige miljøer, hvis jeg ville videre med det, jeg betragtede som mit kald her i tilværelsen. Scener at læse op og musicere på. Forlag at rende på dørene. Beslægtede sjæle at udveksle impulser og andre gode ting med.

København er en drøm, der bliver vedligeholdt generation efter generation af nye kroppe og bevidstheder, som forhindrer billedet i at størkne. Det er dens topografi, man bor i, ikke landskabets.

At være københavner er at finde sig til rette i det flygtige. Luftkastellet. Identitetsløsheden. Vinden over Øresund. Det er både velsignelsen og forbandelsen.

30/1 2023

Dagens mest interessante nyhed – diverse bandeopgør kunne virkelig ikke rage mig mindre – er, at der snart vil være så mange satellitter i kredsløb, at man ikke længere kan se stjernehimlen, som man kender den. Alene SpaceX regner med at opsende 44.000, men tæller man alt med, vil Jorden inden 2030 have 400.000 nye drabanter. De fleste i lave baner, hvor de qua genskær fra Solen lysforurener nattehimlen og gør det vanskeligt at se fjernere punkter. F.eks. resten af universet.

Så længe der har været mennesker, har vi gloet op i himlen for at drømme, fantasere og føle os ydmyge.

Lige om lidt vil vi – også der – kun have udsigt til vores eget billige lort.

31/1 2023

Når man nåede op til fyrretræerne, skulle man dreje fra. Ned ad sporet, der førte forbi rankerne med brombær. Det kunne ikke betale sig at smage på dem: I Hårup blev de aldrig rigtigt modne: Manglede sol og fik munden til at snerpe sammen. Var man rigtig dygtig, og det var man som regel, fik man blødende sår på hænderne, når man prøvede at plukke dem. Ligesom ham der Kristus. Det var virkelig bedre at lade dem være.

Så skulle man hen over marken. Der, hvor køerne græssede i flok til den ene side, og man skulle være forsigtig med, at de ikke bissede. Til den anden gik tyren, som man under alle omstændigheder skulle omgås med varsomhed. Selvom den var forsvarligt tøjlet, vidste man aldrig, hvad der kunne ske, hvis den fik øje på en. Over det hele kredsede rovfuglene og mindede om jagerfly. Passede man ikke på, dykkede de ned og tog en. I det hele taget bevægede man sig over et alt for åbent og udsat terræn.

Med lidt held nåede man ind i skoven. Der, hvor man sagde, at den sorte hund holdt til, og Per Guldgraver fra Holsten for mange år siden satte hele sin formue til i forsøget på at finde en nedgravet skat. Man sagde, at skrænterne styrtede sammen hver gang, han så noget glimte under jorden, og at Per døde forbitret på fattiggården til sidst.

Der skulle man hen. Og man skulle standse op i lysningen, hvor alle de små stier mødtes for at blive til den større, man var kommet ad. Og man skulle vælge den rigtige videre ind i krattet. Hvor de andre førte hen, havde man ikke lyst til at vide.

Så var det, at man så det. Måske.

Det der, man var kommet efter.